皇帝アルファのやんごとなき溺愛

高峰あいす

幻冬舎ルチル文庫

CONTENTS ✦目次✦

皇帝アルファのやんごとなき溺愛

✦カバーデザイン＝久保宏夏(omochi design)
✦ブックデザイン＝まるか工房

イラスト・カワイチハル✦

第1幕　―邂逅と成就―

『天狼国《てんろうこく》、皇帝《こうてい》崩御』の報が梅紅《メイホン》の住む町に届いたのは、約一年前のことだ。

その日は収穫祭で、周辺の村や町からも大勢の民が押し寄せ、下級役人の父は準備やら何やらで忙しくしていたのを思い出す。

特に去年は、都から偉い貴族が地方視察のついでに訪れていたこともあって、まだ学生の梅紅と兄の雪蘭《シュエラン》も母や妹と共に饗応《きょうおう》の支度《したく》に駆り出されていた。祭りが終わればすぐ兄の祝言《しゅうげん》が控えていたので、親族一同だけでなく町を挙げてのお祝いムードだったのは昨日のことのように思い出せた。


「梅紅、本当にいいの？」

「俺は平気。それより雪蘭兄様、早く馬車へ乗って。李影《リエイ》様、兄様を頼みます」

「ありがとう、梅紅。君の勇気に恥じぬよう、雪蘭は命をかけて守ると誓おう」

かがり火の下、はらはらと涙を零《こぼ》す兄の肩を、李影と呼ばれた男が抱き寄せる。その頭には、立派な狐《きつね》の耳が生えている。獣族の彼は、町の上級役人だ。

田舎《いなか》とはいえ人間族の、それも下級役人の家から正式に妻《めと》を娶るなど滅多なことではあり得ない。

——幾ら相手が、『運命の番《つがい》』だとしても。

狼《おおかみ》族を頂点に、獣族と呼ばれる彼等が民の殆《ほとん》どを占める『天狼国』には、種族を超えた属性が存在する。

主に狼族に多く見られる『鬭《ビャク》』。

獣族、人間族に拘《かか》わらず、最も多いのが『續《ショク》』。

そして續の両親からごく少数生まれる『守《シュ》』。

外《と》つ国《くに》では『鬭』に当たる属性をアルファ、『續』をベータ、『守』をオメガと呼び習わすという。

守は鬭のよき子を産むために存在し、一定の周期で訪れる発情期に番の鬭と交わり、子を授《さず》かる。鬭は総じて独占欲が強く、番と決めた守の項《うなじ》を嚙《か》み所有の印を付けるのが常だった。

これは一般的な婚礼と違い、一度嚙まれれば死ぬまで番として連れ添うことになる。実質、正妻の証《あかし》のようなものだけれど、同族以外の相手を選ぶのは希《まれ》なのだ。特に人間族の守は、獣族の番になっても身分は妾《めかけ》とされることが多い。

だが李影は、兄の雪蘭を『運命の番』と告げ、正式に婚礼を挙げたいと手順を踏んで両家を取り纏《まと》めたのだ。

由緒ある狐族の当主でもある李影の両親は、当初人間族を正式な番として迎えることを渋っていた。しかし李影の説得はもとより、雪蘭の類稀《たぐいまれ》な美貌《びぼう》、そして歌や舞といった芸事ばかりでなく算術や文学にも秀でた教養深さに感じ入り、婚約を認めるに至った。

何より梅紅達の住むこの田舎町は、古くから獣族と人間族の間に格差が少ないことも幸いした。順調にいけば一年前の今日――つまり祭りの翌日に、兄・雪蘭は李影と婚礼を挙げる筈《はず》だったのである。

しかし祭りの当日に届いた『皇帝崩御』の報で、事態は一変した。

『皇帝崩御』となれば田舎町でも、最低一年間は喪に服すことが決まりだ。当然、兄達の婚礼も延期になり、この一年は種族を問わず息を潜めるような生活をしていた。

そしてやっと、都から喪明けの宣旨《せんじ》が出され改めて婚礼の準備を……との運びになった先週、王都から全国に向けて、ある命令が下されたのである。

喪に服していた先帝の息子《むすこ》、つまり現在の皇帝が妃《きさき》選びを開始したのだ。慣例として見目が良くまだ番を持たない守のうち、役人が審査を行ったうえで合格とされた者が都へと送られることになる。

殆どは上級役人か貴族の家に生まれた守が選ばれるが、何故《なぜ》かこの町からは、梅紅の兄が直々に指名を受けたのだ。

知らせを伝えに来た都の役人は『こんなにめでたいことはない。光栄なことだ』と笑っていたが、兄とその恋人にとっては悲劇でしかない。

幾ら強く惹《ひ》かれ合った二人でも正式な番となっていない以上、命令に逆らい都行きを拒めば、一族諸共《もろとも》に斬首されてもおかしくはなかった。

泣く泣く別れを決意した兄と李影を前に、梅紅は、

「俺が兄様のふりをして、都へ行く！」

と、啖呵《たんか》を切ったのである。

自分が兄の代わりに皇帝の相手をしている隙に、二人が番になってしまえばいい。こんな田舎町から後宮に上がる守は、どうせ正妃《せいひ》になんて選ばれないに決まっている。いわゆる側室にあたり、たくさんいる寵姫《ちょうき》のなかには、皇帝の渡りすらなく生涯を純潔のまま終える守も少なくないともっぱらの噂《うわさ》だ。

身分の高い家に生まれついた守と違い、絵姿だって皇帝には献上されないだろう。それならば、名を偽って入り込んでしまえば、当分気付かれることはないのではないか。

たとえ気付かれたとしても咎《とが》められないようになんとか躱《かわ》してみせると言い張り、梅紅は兄を励ました。

そうして今夜、李影と雪蘭の二人は親族だけでなく町の皆に見送られ、山間《やまあい》にある狐族の本家に身を隠す手はずとなった。

「――でも、やっぱり梅紅。都へ向かう途中で、お前が雪蘭ではないと……本当は續なのだと気付かれてしまったらどうするの？」

「心配性だな兄様は。ほら見てよ」

梅紅は笑いながら、左手首を兄に見せた。そこには守だけに現れるはずの『四つの花弁』がくっきりと浮かんでいた。

これは獣族、人間族に拘わらず、守であれば生まれつき持つ痣《あざ》だ。

「！　梅紅、これは……」

「昨日、火箸で付けたんだ。上手《うま》いだろう？　この痣があれば、きっと疑われたりしないよ」

左手首内側のその印は、僅《わず》かに皮膚が引き攣《つ》った紅い火傷痕《やけどあと》だった。

青ざめる雪蘭に、梅紅は気丈に笑う。高官や貴族の出ならまだしも、平民の守は子作りの道具として扱われることすらあると聞く。幸いこの町ではそんな差別はないけれど、土地によっては酷《ひど》い扱いを受けるのが当たり前だとも。

だから、わざわざこんな痕を付ける續などいない。

「梅紅、なんてこと……續として何不自由なく生きられたのに……」

「俺は兄様の幸せを願って、この痕を付けたんだ。だから兄様も、絶対幸せになるって約束してよ」

弟の生涯をかけた覚悟を知り、雪蘭は涙を拭《ぬぐ》うと深く頭を下げた。

「お前の覚悟は無駄にはしない。ありがとう、ありがとう梅紅」

見守っていた李影とその家族も、梅紅の覚悟に心を動かされたのか啜《すす》り泣いている。

「さ、早く。もたもたしていたら、役人に見つかってしまうわ」

三歳下の妹の声に促され、梅紅達は我に返った。

しっかり者の妹は梅紅と同じく『續』だ。長兄・雪蘭が嫁ぎ、次兄である梅紅が家を出れば、この家は彼女が継ぐことになる。元々女性が継ぐ一族だが、まだ妹は十五歳。二人の兄が急に家を出て行くとなれば、不安に決まっている。けれど妹は気丈に振る舞い、軽口さえ叩《たた》いてみせる。

「梅紅兄様、雪蘭兄様が心配するのも無理ないと思う。御髪《おぐし》の長さもそうだけど、何よりそのがさつな所が雪蘭兄様と違いすぎるもの」

「髪は切ったって言えばいいし。それに数日大人《おとな》しくしてりゃいいだけだろ」

「だから、その言葉遣いが心配なのよ」

涙を拭い、弟妹の言い合いを優しく見守っていた雪蘭が、くすりと笑う。そして李影が、この仲の良い三兄妹に深い慈愛の眼差《まなざ》しを向けながら口を開く。

「では、そろそろ行こうか」

「引き留めてごめんなさい。李影様、雪蘭兄様。必ず幸せになってください」

馬車へと乗り込んだ二人を見送ると、梅紅は妹と共に急いで自宅へ戻り、自身の支度を始める。夜が明けたら、梅紅も迎えに来た役人と共に都へ旅立たなくてはならない。

――時間さえ稼げれば、きっとなんとかなる。

先帝は色好みで有名だったから即位した新皇帝も同様に違いないと、こんな田舎町にも噂が流れてくる程だ。

それに後宮のしきたりで、新たな帝《みかど》が即位すると各地から美しい守が集められ、その数は千を超えるとさえ噂《うわさ》されていた。

性別を問わず美人揃《ぞろ》いの守の中、守が生まれながらに持つ発情香を持たない梅紅が褥《しとね》に呼ばれるのは、何年先になるかも分からない。もし褥で身代わりと気付かれても、その時には既に皇帝は『雪蘭』を指名したことすら忘れているに違いない。

「――梅紅兄様、本当に大丈夫？」

「もう覚悟はできてるし。後には引けないよ。だいたい人間族の俺なんて、後宮じゃ誰も気にかけないって。せいぜい美味《うま》いものでも食べて、のんびり暮らすよ。お前ひとりに父さんと母さんを任せることになっちゃうけど。頼むぞ」

普段は気丈な妹も、突然訪れた兄二人との離別に涙ぐんでいる。雪蘭の前では堪《こら》えていたようだが、流石《さすが》に寂しさを隠しきれなくなったらしい。

「夜が明けたら、使者が来る。お前は父さんと一緒に役人をもてなしてくれ。俺は支度を終えたら、母さんにお別れの挨拶をしてくる」

「うん、分かった」

母は息子二人の未来を憂いて、都の役人が来た日から寝込んでしまっている。母親はもともと体が弱く、残して行くことが心残りだが仕方がない。

梅紅は自分の頬《ほお》を両手でパチンと叩いて気持ちを切り替えると、変装用に兄から譲り受けた着物に着替え始めた。


『天狼国』は、大陸の端から端までを支配する大国である。

その中でも梅紅が住む町は東の端にあり、帝都までは馬車で十日もかかる。この百年近くは周辺国とも良好な関係が続いていて、民の生活も安定していた。

だから新帝の即位は、国を挙げてのお祭りになる。都に入ると祝賀の歌がそこかしこから聞こえてきて、市井の人々が浮かれ騒いでいるのだと馬車の中でも分かった。

向かいに座る馬の耳を生やした迎えの使者が、ちらと梅紅を見遣《みや》る。その目は明らかに困惑していたが、梅紅は気付かないふりをして作り笑いを浮かべた。

身代わりを決行するにあたって、一番の問題になったのは梅紅の容姿だ。

そもそも守ではなく續である、という問題以前に梅紅は兄と正反対。明るく元気と言えば聞こえは良いが、負けん気の強い性格で、髪も耳が隠れる程度にしか伸ばしていない。

しかし兄の雪蘭は、子供の頃から町で誰よりも美しいと評判の守だった。腰《こし》まで伸びた黒髪に、透けるような白い肌《はだ》。歌えば小夜啼鳥《さよなきどり》のようだと褒め称《たた》えられる美声の持ち主だ。

――町を出てから十日間、なんとか誤魔化せたんだ。後宮に入ってもきっとなんとかしてみせる！

この旅の間、梅紅は長い髪の鬘《かつら》を被《かぶ》り、声も『喉《のど》を痛めてしまった』と言って極力喋《しゃべ》らないようにして過ごしてきた。幸い迎えの任にあたるこの役人は、自分の仕事を無事に終えることにしか興味がないようで、訝《いぶか》しみながらも梅紅を問い詰めはしなかった。

とはいえ騙《だま》しおおせている訳でもなく、時折こうして疑惑の眼差しを向けられてしまう。化粧と鬘で誤魔化しても、限界がある。それでもどうにかここまで来られたのは、ひとえに李影のおかげだ。

――李影様も穏やかな顔して、結構やるよな。

護衛の従者達へ『ねぎらいの品』と称した賄賂を渡していた、と妹からそっと耳打ちされたのは、町を立つ直前のことだ。

おかげで道中、使者が不審そうな目を梅紅に向けても、誰かしらが話を逸《そ》らしてくれる。やがて思うところがあっても、面倒そうに口を噤《つぐ》むようになってしまった。

「そろそろ到着します。くれぐれも、粗相のないように」

「はい」

人間族は身体機能において獣族より劣るので、基本的には下位の者として扱われる。

だが雪蘭は体こそ弱いが容姿も頭脳も秀でており、幼い頃から獣族の闔から見合い話が数多く持ち込まれていた。それゆえ高官の李影に見初められるに至ったのだけれど、今回の身代わり作戦を遂行するにあたって一番の難題になったのも、まさにその点だ。

「私の役目は、貴方《あなた》様を都へ無事に届けること。馬車を降りる前に儀式用の布を被せますので、決して取らないように。それと見られていないからといって、首輪をみだりに弄《いじ》ることもしてはなりません」

「ごめんなさい。でも痒《かゆ》かったから」

「言い訳はよろしい。全く、首輪に触れないなど基本中の基本ではないか。そんなことすら教えないとは、これだから人間族は……」

溜息《ためいき》交じりの嫌味を、梅紅は顔に作り笑いを貼り付けて聞き流す。

これまで續として生きてきた梅紅は、当然ながら首輪を塡《は》めたことなどなかったが、番を持たない守は、鉄の首輪を塡めることが定められている。雪蘭だと偽る以上、梅紅も首輪を付けなくてはならない。

しかし、町を出てすぐ、梅紅も予想していない事態に見舞われた。

ただでさえ慣れない鉄の首輪に辟易《へきえき》していた梅紅へ、使者は更に、薬液を染み込ませた革《かわ》紐《ひも》まで首に付けるよう命じたのである。

それは所謂《いわゆる》『闔』除《よ》けの薬だった。帝に献上される妃候補に、万が一にも事故があってはならない。そこで確実に項を守れるように、発情香を完全に抑える薬を首に巻くのだ。

だがこの薬は相当強い物のようで、たった一日で革紐の触れている皮膚は赤く腫れてしまっていた。痛痒くて少しでも革紐をずらそうとすると、使者に窘《たしな》められてしまう。

梅紅は掻痒感《そうようかん》を紛らわすように、窓の外へ視線を向ける。

もともと地方の人間族は蔑《ないがし》ろにされがちである。酷い扱いこそ受けないにしても、優秀な獣族に仕えるのが人間族だと暗黙の了解があるのも事実だ。たとえ妃候補として迎えられる身でも、獣族の使者に口答えをするなどあり得ない。

――兄様の身代わりじゃなかったら、文句の一つや二つ言ってるんだけど。ここは我慢。

気の強い梅紅は、相手が闘だろうが獣族だろうが、言動に納得がいかなければ言い返してきた。しかしそんな態度を取れば流石に使者も疑いを強めるに決まっている。ここまで来て、身代わりと気付かれては元も子もない。

梅紅を乗せた馬車は王宮に入り、そのまま後宮に入る手続きが始まる。嫌味や仕事の愚痴ばかりの使者から離れられてほっとしたのもつかの間、梅紅は豪華な刺繡《ししゅう》の施された布で全身を覆われ、馬車から降りると宮殿用の輿《こし》に乗せられた。

――本当に、後宮へ入るんだ……。

周囲で何が起こっているのかさっぱり分からないけれど、梅紅に付き添ってきた官僚達が言祝《ことほ》ぎをしたり香を焚《た》いたりと、慌ただしく儀式を行っているのは布ごしにもなんとなく分かった。

しかし儀式が終わるまでは布を取り払うことも、声を発することも禁止されているので、側に控えている世話係の女官に尋ねることもできない。

時折、布の隙間から貴族や官吏達の姿が見える。その豪華な服や宝飾品から、自分が高貴な身分の者達が住まう宮殿に放り込まれたのだと、今更ながら実感する。

──高そうな服に、良い香りのお香。都の貴族って、ほんとにお金持ちなんだな。

先帝は崩御する数年前から色に耽《ふけ》り、政《まつりごと》を疎かにした。そのせいで重税が課されることとなり、未《いま》だに困窮している地方もあるのだと、道中、従者たちの会話から知った。

幸い梅紅の故郷は李影の一族の統治が行き届いており、どの種族も平穏な暮らしを保てている。なので梅紅には、先帝に対する直接的な恨みや怒りはない。

けれど、心優しく体も丈夫ではない兄が従者たちの話を聞いていたら、胸を痛めて熱を出していただろう。そもそもこれほどの長旅と、到着後に休む間も与えられず行われる儀式に耐えられるかさえ疑問だ。

──兄様を説得して俺が身代わりになって、本当に良かった。

永遠に終わらないのではないかと不安に思うほど時間をかけて儀式が終わり、ようやく梅紅は輿から降りて歩くことを許された。脚がすっかり痺《しび》れていたけれど、とても文句を言える雰囲気ではない。

「――こちらへお座りください」

頭から布を被せられたまま、梅紅は豪華な椅子《いす》に誘導され腰を下ろす。

布の隙間からそっと周囲を覗《のぞ》いてみると、そこは簡素な石造りの間で、調度品は大きな机と花瓶が置いてあるだけだ。

いくら直々に名を挙げられたとはいえ、地方の人間族が後宮に入ったところで獣族の姫と同等に扱われる訳がない。だから、やはり謁見も、質素な部屋で行われるのだろうなと納得する。

「あの」

「儀礼帛《はく》を取ってはいけません。後宮へ上がった姫様《ひめさま》のお顔を最初にご覧になるのは、皇帝陛下《へいか》との決まりがございます。すぐに側仕えの者が参りますので、暫《しば》しお待ちを。では失礼いたします」

案内してくれた兎《うさぎ》族の女官が頭を下げ、部屋を出て行く気配がする。背後の廊下へ通じる扉は開け放たれているようだが、辺りはしんと静まりかえっている。

「ここが、後宮？」

それにしては、静かすぎる。

分厚い布を被らされているとはいえ、数多く集められていると噂で聞いていた妃候補達の話し声や、彼ら彼女らが奏でる笛や琵琶《びわ》の音も聞こえてこない。

耳を澄ましてみても、時折、鳥の囀《さえず》りが風に乗って運ばれてくるばかりだ。

――……ちょっと覗くくらいなら、いいかな。

最初は大人しく座っていた梅紅だったが、待てど暮らせど誰も現れないので、ついに痺れを切らして椅子から立ち上がった。

豪華な刺繍の施された布は厚みがある分だけ重く、ふらつきながら梅紅は足を踏み出す。

布の隙間から部屋の奥に閉ざされた扉があるのは見えていたので、梅紅は好奇心のままに近づいていく。

「痛てっ」

すると不意に扉が開き、梅紅は入って来た何者かにぶつかってしまう。

転げそうになった体を、力強い腕が抱き支える。どうにか体勢を戻した梅紅は、咄嗟《とっさ》に謝罪の言葉を口にした。

「ごめんなさい……！」

僅かに布がずれ、一瞬だが相手と視線が合わさる。

――鬫の狼族！

自分がぶつかった相手が狼族だと気付いて、梅紅は息を呑《の》む。

こんなに近くで狼族の鬫を見たのは初めてだった。梅紅の故郷にも、都会を厭《いと》うて移ってきたという狼族は住んでいた。けれど狐族が治め彼らの氏族の多い地域だったので、直接関わったことはない。

狼族について知っているのは、武官としての能力が高く気性の荒い者が多いという、噂話程度の情報のみだ。

「怪我《けが》はないか？」

思ったよりも深く優しい声に、梅紅は少しだけほっとする。

明るい茶色の髪に灰色の瞳。狼の耳と尾は金色の毛が混じっており、毛並みから狼族の中でも高位の出なのだろうと直感的に思う。しかし着ているのは装飾の少ない下級役人の服で、彼の確かな身分がよく分からない。

二十代半ばくらいの歳《とし》だろうか。男は興味津々《しんしん》といった眼差しを向け、徐《おもむろ》に梅紅を布越しに抱き締める。

「人間族の守に触れたのは初めてだ。……壊してしまいそうだと友人達が言っていたのも頷けるな」

「ご冗談はお止めください」

「愛らしい声だ。――姫、どうか少しだけ、その顔を見せてはくれないか？」

「い、いけません！」

いつもの梅紅ならば殴ってでも逃げていただろう。しかし自分は今、雪蘭として振る舞わなくてはならない。

大人しいふりをしながらも、梅紅は自身の異変に気付かないわけにはいかなかった。演技で逃げられないのではなく、足が竦《すく》んで思うように動けないのだ。

強い闢は守だけでなく、續さえも畏怖させる力を持つとの噂を聞いたことがある。こうして現実に、續である梅紅の本能は、目の前の男の存在に恐怖し身構えてしまっていた。

兄の番である李影とは普通に接することができたけれど、この男は梅紅がこれまで出会ったどんな闢とも違う。

凛《りん》とした顔立ちに鋭い眼差し。怖いのに、梅紅は彼から視線を外せない。足が竦む恐怖とはどこか異なる、別の何かが梅紅の心を支配していた。

発情しない續の自分でさえ身が竦むのだから、きっと相当に強い闢だ。と、考えると同時に、この事態が非常に危うい状況だと気付いて、梅紅は青ざめる。

——どうしよう、顔見られたよな……これって、皇帝に知られたら怒られるやつ？

この部屋に入れるということは、恐らく彼は後宮の役人で皇帝に近い貴族に違いない。そうでなければ、謁見前の妃候補がいる部屋に出入りするなど考えられない。

狼族の殆どは、闢なのだという。續も存在するけれど、能力は闢に等しくその地位や扱いも、すべては『狼族という特権階級』で括《くく》られる。

だが流石に皇帝の妃候補に手を出すような、不届き者はいないだろう。万が一にも間違いがあれば、いくら狼族とはいえ一族郎党ただでは済まないのではないか。

発情香を抑える革紐と項を守る首輪を付けていても、一度後宮に上がった守は皇帝以外の闘との接触は許されないのが決まりだ。

正式な後宮入り前だとしても、咎められる可能性の方が大きい。

しかし男は腕から逃れようとする梅紅に構わず、抱き締める力を強くした。

「お前が『雪蘭』か？」

「…………」

『雪蘭』の名を確認すると、答えられない梅紅には構わず、彼は楽しげに笑いながら顔を寄せてくる。

「あ、あの。放してください」

控えめに拒絶して身を捩《よじ》っても、腰に回された腕はびくともしない。

「愛らしいな……しかし随分と細い。お前の故郷は飢饉《ききん》でもあったのか？　必要なら後宮へ上がった祝いとして、食糧を送らせよう。それとも守であることを理由に、食事を取らせてもらえなかったのか？」

「っ……李影様は、飢饉が三年続いても民が困らないように食糧を備蓄してる頭の良い領主様なんだぞ。それに『守だから』って、そんなくだらない差別なんてない！　俺の故郷を馬鹿にするな！」

男の勘違いに腹を立てた梅紅は、感情のままに捲《まく》し立ててしまう。

けれど男は、怒る梅紅を物珍しそうに見つめると、笑みを深くした。

「後宮へ上がる者とは思えぬ言葉遣い、気に入った」

「えっ？」

いきなり布を奪い去られ、梅紅は狼狽《うろた》える。突然の振る舞いに驚いて布を取り返すこともできず、梅紅は男と至近距離で見つめ合う。

「化粧が濃いな。その髪も似合っていないぞ」

耳元に鼻先を近づけて、男が声を上げて笑う。狼族独特の唸《うな》り声が混じっていて、まるで獣に抱き締められているような錯覚に陥る。

怯《おび》えていた梅紅は、けれど、続いた言葉で我に返った。

「何より、いい香りだ」

「嘘《うそ》言うなよ！　俺は発情したことがないから、香りなんてする訳ない！　それにあんたの付けてるお香の方が、ずっと良い匂いじゃないか！」

発情香を抑える強い薬を染み込ませた革紐はまだ首に巻かれたままだし、梅紅は正真正銘の續だ。発情香が香る筈がない。

からかわれているのだとカッとなった梅紅は、男の腕から逃れようと本気で踠《もが》く。

こんな馬鹿げた貴族の会話に付き合っている様子を女官にでも見られたりしたら、あらぬ疑いをかけられて、きっと追い出されてしまう。そうなれば自分だけでなく、故郷の家族にも何らかの罰が下されるにちがいない。

「そうなのか？　しかしこの香りは、確かに発情香だが――」

「いい加減にしろ！　あんた、一族ごと皇帝に殺されるぞ！」

「――お前は面白いな」

「だから、馬鹿にするなって！」

とても我慢することなどできず、梅紅はどうにか自由になった右手を振り上げ、男の頬をぶった。

パン！　という小気味よい音が室内に響く。

快活で誰とでも気軽に話をし親しくなる梅紅には、獣族の友人も多くいた。子供の頃は山野を駆け巡り、遊び仲間と取っ組み合いの喧嘩《けんか》をしたことだって数知れない。

同年代との喧嘩では負け知らずだったので、それなりに威力はある筈だ。

「反省しろ、この色惚《いろぼ》け狼っ！」

勢い余って鬘まで取れてしまったけれど、気にする余裕などない。

それでも狼族の闘からすれば人間族の守の平手打ちなど痛くも痒くもないらしく、男は笑みを深くしたが、頬の皮膚ばかりは、きっちり赤くなっている。

見事に手形の浮き出た頬を押さえ、男が苦笑しているうちに梅紅は彼の腕から抜け出して部屋の隅へと逃げた。

「馬鹿！　阿呆《あほう》！　こっちに来るな！」

喚《わめ》き立てていると、騒ぎに気付いたのか幾つもの足音が聞こえてくる。

「どうされました？」

「何事です？」

女官達の悲鳴にも似た声に、男が嘆息して踵《きびす》を返した。

「また後で会おう」

梅紅は答えず、男に向かって舌を出す。奇妙な男が入って来たのと同じ扉から出て行くのを確認して、梅紅はほっと息を吐く。

――後宮に入ったら、会えるわけないじゃん。……でもあいつのお香のいい匂い、何処《どこ》かで嗅いだような？

ふわふわと正体の摑《つか》めない、でもどこか切ないような感覚に首を傾《かし》げていると、廊下から十人ばかりの女官達が勢いよく飛び込んできた。

――どうなってるんだ？　俺、なんか悪いことしちゃったのかな。

初めのうちは梅紅を心配している様子の女官達だったが、馴《な》れ馴《な》れしい貴族が入って来たこと、無礼を働かれたので殴ってしまったことを話した途端、顔色がサッと変わった。

すぐに数人が部屋を走って出て行き、残った者達は険しい表情で梅紅を取り囲むと、まるで罪人を引っ立てるように両腕を摑む。

「大人しくなさいませ。私共は女官ではありますが獣族、人間族の貴方が抵抗したところで無意味です」

みなを代表するように羊族の女官がそう告げると、梅紅は有無を言わさず部屋から引きずり出され別室へと移動させられた。

何が起こっているのかさっぱり分からなかったけれど、とても聞ける雰囲気ではない。

梅紅は廊下を挟んだ家具も何もない部屋へ、文字どおり放り込まれた。敷居に躓《つまず》いて床に座り込んでも、誰も手を差し伸べてはくれない。

まるで監視するような鋭い眼差しを向けてくる羊族の女官を前に、梅紅はただ身を竦めて項垂《うなだ》れていた。

「吟愁《ギンシュウ》様、こちらです」

「全く、自分で会う時刻を決めておきながら、あいつは何処かに行ってしまうし。姫は暴れるし……今日は卜占《ぼくせん》で吉祥日《きちじょうにち》と出ていた筈だろう」

ブツブツと文句を言いながら入って来たのは、これまた狼族の男だった。先程の貴族と歳はそう変わらないように見えるが、纏っている服は高官が着る類のものだ。

「それで、一体何があった……？」

「えっと、あの……」

口ごもる梅紅を男は暫し無言で凝視する。そして控えていた女官達に人払いをするよう言いつけ、彼女達も暫《しばら》く出ているようにと命じる。

扉が閉じられ二人きりになると、男は長めの灰色の髪を掻《か》き乱しながら、眼鏡《めがね》越しに梅紅を睨《にら》み付ける。

「現在、後宮の管理を任されている吟愁という。質問には正直に答えるように。でなければ命はない」

「——え、え？　命？　なに？」

先程の貴族より細身だが、神経質そうな口調が怖い。何より右手は、腰に帯びた剣の柄《つか》にかかっていた。

「突然暴れた、というのは本当か？」

「だって、変な役人の男？　が入って来たから……殴るつもりはなかったけど、なんか口説こうとしてきて！　そんなの冗談でもまずいだろ？　だから殴った」

梅紅だって好きで暴力を振るったわけではない。あれはあいつと俺、お互いのための正当防衛なのだと主張すると、吟愁が深い深い溜息を吐いた。

「お前が無礼を働いた方こそ、新皇帝であらせられるぞ」

「────へ？」

床に座ったまま梅紅はぽかんとして、暫し室内に沈黙が落ちた。

どうにか吟愁の言葉を呑み込んだ梅紅は、自分が取り返しのつかない過ちを犯したのだとやっと理解する。

「……うそ……俺、皇帝の顔を知らなくて。いきなり触られたから、驚いちゃって……ごめん、なさい」

都へ上がる道中、皇帝に関しては恐ろしい噂しか聞かなかった。曰《いわ》く、狼族の中でも一際気性が激しく冷徹で、怒らせればどんな恐ろしい罰を下されるか分からない、と。

真実そんな性格であるかどうかを抜きにしても、自分はこの天狼国を統治する皇帝に対して、万死に値する無礼を働いたことに変わりはない。

「申し訳ありません。どうか、どうか故郷の家族にはご慈悲を」

平伏して懇願する梅紅に、何故か吟愁はそれ以上咎めたりはせず、顔を上げるよう促してくる。

「そう怯えなくていい。事情は大体分かった。皇帝のご尊顔を知らず、不埒者《ふらちもの》と勘違いをして君なりに身を守ったということだね？」

顔を上げてこくこくと頷《うなず》く梅紅に、吟愁は何度目か分からない溜息を吐く。

「確かに、未だ新皇帝の絵姿さえないのはこちらの落ち度だ。君の行いは咎められるものではあるが、君も家族も罪には問わないから安心しなさい」

「ありがとうございます」

ほっとする梅紅だが、手にした書状と梅紅を見比べて吟愁が首を傾げた。

「しかし……本当に、君は雪蘭か？　その鬘はどういうことだ？」

女官が置いていった鬘を指さし、吟愁が静かに問う。

「ええと、何かの間違いではございませんか？　俺は梅紅と申します。髪は……その……お呼びがかかる直前に切っておりまして。見苦しくないように、鬘を被っておりましたのでございますの」

少しでも淑《しと》やかに見せようとしなを作って訴えるが、どうしてか吟愁は眉間《みけん》の皺《しわ》を深くする。

「――部下からの報告では、絹のような長い黒髪。透き通る肌に真珠貝のような爪《つめ》。性格は大人しく淑やかで上品。とあったが？　それにそもそも名が違うようだが」

「お役人様が弟の雪蘭と名前を取り違えたのです。俺、私は兄の梅紅ですわ。栄えある後宮の妃候補に選ばれたのはこのオ……私です！　間違いありませんですわよ。性格は、このとおり上品ですわよ！　おほほほほほ」

梅紅は頬が不自然に引き攣るのを感じながら、しっかり者の妹から
『身代わりで後宮へ入るなら、徹底的に嘘を吐き通さないと……特に名前を偽ったままじゃ、

きっと気付かれる。梅紅兄様、『雪蘭』って呼ばれてすぐに返事できる？　絶対無理よね』と真顔で言われたのをまざまざと思い出していた。

そこで苦肉の策として、『使いの役人が名前を誤って届け出た』と言い張ろうと作戦を立てたのだ。地方の人間族には良くも悪くも関心を向けられないので、この方便で貫きとおせると賭けた。

「――名前の件は分かった。しかし何故、美しいと評判の髪を切った？」

「髪は……傷んでお見苦しくなってしまいましたので切ったんです。ご安心ください、すぐに伸びます」

吟愁は書状と梅紅を何度も見比べ首を傾げていたけれど、最終的には頷いてくれた。

しかしその表情は、明らかに曇っている。

――やっぱり、疑われてる？

しかしそれどころか、吟愁はとんでもないことを呟《つぶや》いたのだ。

「君のような礼儀のなっていない人間が、陛下の『運命の番』とは……」

――え、運命の番ってことは正妃⁉　たくさんいる寵姫の一人じゃないの⁉

どうやら我が麗しの兄は、皇帝からも『運命の番』として見初められたのだと知り、流石の梅紅も慌てずにはいられない。

いくら美人として評判だろうとも、貴族でもない地方の人間族が後宮入りするなど滅多なことではない。迎えに来た役人も、頻《しき》りにそう言っていたと思い出す。

そもそも、指名されての後宮入りなど前代未聞ではあったようなのだ。両親も首を傾げていたが、吟愁の言うとおりなら納得はできる。しかし同時に、新たな疑問も浮かぶ。

——兄様と李影様が『運命の番』なのに？　『運命の番』って一人に対してそんな何人もいるの？

兄に求婚する際、李影は雪蘭を『運命の番』だとはっきり告げたのだ。

この特別な相手が見つかる確率は極めて希で、殆どは見合いや親同士の話し合いで番《つが》う相手が決まる。しかし、たとえ既に番がいても運命の相手が現れれば、本能はそれに抗《あらが》えないのだとも聞かされていた。

とはいえ梅紅自身は續なので、『本能』だの『運命の番』なんて言われても、さっぱり分からない。自分とは関わりのないことだと思って生きてきたから、『守』のふりをするために詰め込んできた知識は付け焼き刃程度のものだ。

「『運命の番』って、本当なんですか？」

「その革紐を外せば、嫌でも分かること……」

単純に梅紅が驚いているだけだと思ったのか、吟愁は梅紅の首を指さす。確かに運命の番であれば、発情自体を抑える鬪除けの革紐を外され、『運命の番』を前にすれば、すぐにでも相手を求めるだろう。

いや、皇帝ほどの闘が相手ならば、種族に拘わらず、守は発情する——のだろう。

でも自分は續だから、その肝心な発情ができないのだ。

——どうしよう……。

「それにしても、吉祥日どころか正反対じゃないか。卜占師には真面目《まじめ》に仕事をするよう言っておかないと」

頭を抱える吟愁の足元で、梅紅もまた内心、困り果てていた。


吟愁の尋問が終わると、少しして女官達が入って来た。

表情はいくらか穏やかになっていたが、警戒しているのは明らかだった。女官長——みなを代表するような羊の女官に促され、梅紅はまた部屋を移動させられることになる。

今度は長い廊下と幾つもの門を潜《くぐ》り、宮殿の深部と分かる場所へ案内された。

「本日から、こちらが梅紅様の過ごされるお部屋になります。ご用がありましたら、鈴を鳴らしてくださいませ。隣室に側仕えの者が控えておりますので」

「えっと、ここって後宮なんだよね？　俺、皇帝殴っちゃったけどいいの？」

咎めはしないと言われたが、当分は反省を促すために独房にでも入れられるのだろうと覚悟していた。しかし与えられたのは、こぢんまりとしていながらも居心地の良い部屋だ。

明るい中庭に面しており、清潔に整えられている。家具や調度品は一見簡素に見えるが、故郷の家にあるものとは比べものにならないほど高級な品ばかりだと分かる。

「……こちらでお暮らしになりますよう、陛下からのお下知《げじ》です。気になることがあれば、陛下に直接お伺《うかが》いなさいませ」

鉄の首輪は取ってもらえたが、革紐はそのままにしておくよう命じられて梅紅は口を尖《とが》らせる。

「紐は取ったら駄目なの？　爛《ただ》れてるし、腫れてて痛いんだ」

「何を仰《おっしゃ》るんです。ここは後宮で、お仕えしている者は守か續ですが、万が一ということもございます。後宮に上がる姫君の革紐を取り去れるのは、陛下だけと決められております」

「知らなかった」

「あとで側仕えに後宮での作法が説かれた書を持たせますので、しっかり覚えてくださいませ……吟愁様が嘆いた理由がよーく分かりました。正式なお披露目前までには、舞や楽器も覚えていただきますからね」

「えー、俺、楽器なんて触ったことない」

「……これだから田舎の人間族は……全く、陛下も何をお考えなのやら」

わざと聞こえるように嫌味を言って、中年の女官長が溜息を吐く。こういった基本的なしきたりは、後宮に上がる身分の姫なら知っていて当然なのだろう。

しかし梅紅は、田舎の下級役人の家に生まれたごく普通の續だ。兄の後宮入りが命じられ、こうして身代わりにならなければ、自分がここにいるなんて天地がひっくり返ってもあり得なかったことだ。

「後宮では私ども女官が、礼儀作法と教養をお教えいたします。側仕えの侍女は身の回りのお世話。掃除などの雑用は下女と仕事が決まっております。貴方様は身分に相応《ふさわ》しい振る舞いを心がけてくださいませ。朝の身支度から、寝所での所作まで全て覚えていただきます」

あまりに高圧的な物言いに、梅紅は悄然《しょうぜん》とする。

――花嫁《はなよめ》に必要な礼儀作法なんてすぐ身につくって兄様は言ってたけど、俺じゃ絶対無理だ。

大学には通っていたけれど、いずれは家を出てどこかの商家で住み込みの仕事でもするつもりでいた。だから礼儀作法は最低限しか身につけていない。

一方、兄の雪蘭は美しいだけでなく物覚えも良かった。特に、花嫁修業にも数えられる楽器や歌といったお稽古事においては幼い頃から秀でていたし、遠方から貴族が見に来るほどだった。

「身の回りのことは、今から参ります者達が全てお世話をいたします。貴方様は指一本、動かす必要はございません」

羊族の女官長が手を叩くと、兎族の少女が数名入って来る。恐らく十六、十七歳くらいだろう。彼女達は口々に、これから側仕えをするのだと挨拶して頭を下げた。

「では私共は失礼いたします」

慇懃《いんぎん》に頭を下げると、女官長は数名の部下である女官を連れて部屋を出て行く。つまりは面倒な仕事は全てこの少女達に任せたのだなと、とりあえずは理解したけれど、次から次への展開に梅紅は少なからず混乱したままだ。

けれど、こうして正妃？　になってしまった以上、腹を括るしかない。

——俺にできることをしよう。

持ち前の前向きな性格は、こんな時、威力を発揮する。

両手で自分の頬をパチンと叩き、気持ちを切り替える。

「えっと、みんなの名前を教えてくれる？」

「姫君は長旅でお疲れだと聞きました。私共の名前など、追い追い覚えてくだされば構いませんので、どうぞ楽になさってください」

「ありがとう。なんだか、気を遣わせちゃってごめんね」

「いえ……」

「それと部屋の片付けだけど、重たい荷物は自分で運ぶから置いといて大丈夫だよ」

室内を整えていた侍女達にそう告げると、何故かそれぞれに顔を見合わせる。

——俺、変なこと言ったかな？

怖い女官長や高位の女官達がいなくなったことで気が楽になったのか、梅紅のお腹《なか》が鳴る。

考えてみれば、今日は朝から儀式のお酒以外なにも口にしていない。

「あの、ご飯までですか？　みなさんもそろそろ、夕飯だと思うんだけど……」

怪訝《けげん》そうに首を傾げる者、あからさまに視線を合わせないようにする者。共通しているのは、梅紅に対して一定の距離を取りたがっているという点だ。

「お夕食はすぐお持ちいたします。楽にしてお待ちくださいませ」

それから半時ほどして自室の卓に並べられたのは、梅紅の故郷でよく出される料理だった。

実家を離れてまだ十日だけれど、旅の途中はそれぞれの町で歓待を受け土地土地の名物を出されていたので、やけに懐かしく感じる。

しかし大皿に盛られた数々の料理は、流石に梅紅一人で食べ切れる量ではない。

「よかったら、みなさんもどうぞ」

少し迷ったけれど、梅紅は侍女の一人に声をかけてみた。羊族の女官長とは違い、兎族の少女達は心なしか友好的に思えたのだ。

けれど返されたのは、頑《かたく》なな拒絶だった。

「そんなご無礼はできません」

「無礼だなんて思ってないよ」

「失礼いたします」

梅紅の言葉を遮るように叩頭《こうとう》し、兎族の侍女は隣室に下がってしまう。他の侍女達も彼女を追って、部屋から出て行ってしまった。

——嫌われてるって、感じじゃなかったよな。たぶん。

不自然な侍女達の態度を思い返し、梅紅は考え込む。女官長は彼女達が『全てお世話をいたします』と言っていた。

その間、少女達はどこか怯えており、室内を片付ける間もどこか不安げな様子だった。しかし女官長の言葉どおり、彼女達は女性とはいえ獣族ゆえに、身体能力は梅紅よりずっと勝っている。

例えば相手が虎族の姫なら話は別だが、人間族である梅紅に怯える理由は見当たらない。

——とすると……俺が陛下の正妃、だから、遠慮してるのか。

身代わりで後宮へ上がったなどと知る由《よし》もないのだから、彼女達は梅紅を皇帝の正式な番として対してくれているのだとやっと気付く。

本当のことなど話せるわけもないし、かといって偉そうに振る舞うなんてしたくない。梅紅は暫し考えてから、妙案を思いつく。

卓に置かれていた鈴を鳴らすと、隣室に下がっていた兎族の侍女が飛び込んできた。

「いかがなされました？　なにか、お口に合わない物がありましたでしょうか？」

青ざめている少女に悪いと思うけど、あえて芝居を打つことにする。俯《うつむ》き、苦しげに胸を押さえて控えめに訴える。

「食事が喉を通らなくて……」

「申し訳ございません。新しい物をお持ちします。それともお医者様を呼びましょうか」

梅紅は椅子に座ったまま、大げさに首を横に振る。

「実は俺、食卓はいつも家族や父さんの役人仲間と囲んでたから、一人で食事したことがないんだ」

「はあ」

「一人だと緊張して、落ち着かなくてさ。だからみんな、一緒に食べて。お願い……が、駄目なら、命令でもいいかな?」

すると兎族の少女が驚いたように目を瞬き、くすりと笑った。

「お食事をご一緒することが命令だなんて、変わった姫君」

そして、しまったというふうに口元を押さえるが、梅紅はその手を取り微笑《ほほえ》みかける。

「やっと笑ってくれたね」

「梅紅様……」

「一人で食事するのが初めてなのは本当だよ。後宮に上がることになるなんて思ってもみなかったし。だからみんなと友達になれたらすごく嬉《うれ》しいんだけど。迷惑?」

「そんな、迷惑だなんて滅相もございません！」

やっと梅紅の言葉が本気なのだと悟った少女が、手を握り返してくれる。

「女官長になんて言われたか知らないけど、俺は田舎町からやって来た普通の人間族だよ。もし怒られたら、無理に誘われて断れなかったって言えばいいから。ほら、みんなも来てよ」

すると扉の向こうで聞き耳を立てていたらしい少女達が、恐る恐る入って来る。

「本当に、よろしいのですか？」

その中で一番年かさの者が、探るように問いかけてきた。服装は女官だが、侍女と共に残されているということは下位の身分なのかもしれない。

戸惑いを隠せない彼女に、梅紅は頷いてみせる。

「それに俺一人じゃ、こんなに食べきれないし」

「では、お言葉に甘えまして……」

「失礼いたします」

いま部屋に残っているのは出《い》で立ちから察するに、下位の女官と侍女達ばかりだ。歳も梅紅と同じくらいなので、暫くすると自然と会話が弾むようになる。

「女官長殿のお小言は、気にしなくていいですよ」

「鹿族や虎族の寵姫にお仕えしていた時期が長かったから、作法にも特別厳しいの。私たちもよく叱られるんです」

下位の女官は侍女達とも仲が良いのか、気楽な口調でお喋りに加わってくる。

「あの……新しい皇帝ってどんな方なんですか？」

梅紅は隣に座る女官にこそりと問いかける。彼女は暫く思案した後、ぽつりとぽつりと話し始めた。

「優しい方ですよ……ですが、姫君をお迎えしたら豹変《ひょうへん》なさるかも」

「こら。口が過ぎますよ。それにあの方は先帝とは違います」

「それでも、あの先帝のご子息でしょう？　本性は色好みの冷血漢かもしれません。運命の番を信じず、守を幾人も噛んで我欲を満たすような狼の息子だなんて……」

隣から窘める女官に、彼女は不満そうな様子で続けた。

田舎町にも先帝が色好みであるという噂は流れていたが、地域の政に障《さわ》りはなかったので特別に問題視されてはいなかったと記憶している。

そもそも梅紅の故郷は国の中でも東の端に位置するので、都の噂自体が殆ど流れてこなかった。

梅紅は好奇心を抑えきれず、重ねて尋ねる。

「前の皇帝陛下って、後宮ではそんな酷い方だったの？」

「ええ。番になっても床へは一度上げたきりで、放っておかれた寵姫が幾人いたことか。発情期の苦しみは勿論《もちろん》のこと、なにより番の契りを交わした方と会えない辛《つら》さはいかばかりかと」

「ですからそれは、先帝の話でしょう？」

「分かってますけど！」

不敬と責められてもおかしくないような話をしていた女官を、また別の女官が咎めた。若い侍女達は最近になってから後宮仕えになったのか、女官達のやりとりを興味深げに聞いている。

「それに姫君の前で、怖がらせるような話をなさるのはどうかと思いますよ」

「俺は大丈夫だよ！　何があっても逃げないって、覚悟して来たんだ」

不穏な空気に、梅紅は首の痛みも忘れて彼女達を安心させようと虚勢を張る。兄の身代わりになると決めたことに後悔はないが、こんなふうに皇帝への不信感が後宮内に残っているとは思いもしなかった。

――新しい皇帝って、俺が殴っちゃった人だよな。変わってるし、そんなに悪そうには見えなかったけど……ともかく、兄様をここへ来させなくて本当に良かった。

もしも運命の番である李影がいなければ、自分も家族も何も知らず兄を快く送り出していたに違いない。

「とにかく、なにか不満があっても、事を荒立ててはいけませんよ。皇帝の一族は、狼族の中でも特に気性が荒いと有名ですから。新帝は大らかな方ですが、狼族の長《おさ》ということを忘れないでくださいませ」

誰も強く否定しないということは、女官の話は信憑性《しんぴょうせい》があるのだろう。

「……うん」

ともあれ大人しくしていた方が身のためだというのはよく分かったので、梅紅は神妙な顔で食事を続けた。


「――夕食を終えたら、湯浴みをしてくださいね。陛下が後宮に戻るまでに、着替えをして口上も覚えていただかないと。……何事です、あなた達！　姫君と食事を共にするなど。無作法にも程があります」

食後の甘味を食べていると、中年の女官が部屋に入ってきた。そして卓を囲む梅紅と側仕え達を一瞥《いちべつ》し、呆《あき》れたように大げさな溜息を吐く。

「この人達は悪くないよ。俺が誘ったんだ」

「そうでしょうね。無作法な人間族だと女官長が嘆いていましたから。それにしても、呆れたこと」

嫌味たっぷりに返されて、流石に梅紅も苛立《いらだ》ったが深呼吸して堪えた。

「ともかく、粗相のないようにお願いしますよ。みなも気を引き締めなさい」

一方的に告げると、女官は出て行ってしまう。

「何なんだよ。嫌味なヤツ」

べえと舌を出す梅紅だが、残された女官や侍女達はみな気まずそうに俯いていた。折角親しくなれそうな空気が霧散してしまい、梅紅は慌てて彼女達に声をかける。

「あのさ、これからも何か叱られたりしたら『全部梅紅が命じました』って言えばいいから。それより口上ってなに？　儀式は全部終わったんじゃないの？」

かなり強引に話題を変えると、察しの良い侍女の一人がすぐに答えてくれた。

「梅紅様は聞いていないのですか？」

「陛下は今夜、姫君の部屋へお渡りになるのですよ」

飲みかけた甘い糖蜜酒で咽《む》せそうになる梅紅を見て、兎族の娘が楽しげに笑う。

「そんなに恥ずかしがることはありませんよ。後宮の姫君がお披露目前に床入りを果たされるのは、とっても名誉なことなのですから」

「お仕えしている私共も、鼻が高いです」

彼女達は心から喜んでいるようだが、身代わりで後宮に来た梅紅としては、これは全くありがたくない事態だ。

——陛下のお渡り。つまり伽《とぎ》ってこと？

「急に言われても、伽、なんて俺、どうしていいか……」

慌てる梅紅を恥じらっているのだと勘違いした侍女が、楽しそうに笑い出す。

「ご安心なさいませ。いかな気性が荒い狼族でも、閨《ねや》ではお優しくしてくださいます。最上の悦びを与えてくださいますよ」

どうせ暫くは――少なくとも数年単位で――放っておかれると信じていたので、梅紅は伽の勉強など全くしていなかった。急に口数の少なくなった梅紅を『緊張している』と勘違いした女官と侍女達が、あれこれ親切心で作法や何やらを教えてくれる。

けれど発情とは無縁の續として生きてきた梅紅にとって、彼女達の話す内容は何もかも未知の世界だ。

「梅紅様は深窓のご令嬢《れいじょう》よりも、ずっと純粋なのですね。陛下もお喜びになるわ」

「守の体は褥に上がればすぐに準備が整います。あとは何もかも陛下にお任せすればよろしいのですよ」

「さあ、そろそろ湯浴みをいたしましょう。ついでに口上も覚えてしまいましょうね」

側仕え達が促し、真っ赤になった梅紅にぴたりと寄り添い逃げ出すこともできない。同じ年頃の女の子達に裸を晒《さら》すなんて恥ずかしいと訴える隙もなく、彼女達の手で体の隅々まで洗われ、香を焚きしめた夜着に着替えさせられた。

夜着といっても実家で着ていた麻の単衣《ひとえ》とは全く違い、絹に季節の花が刺繍された豪華な服だ。身支度が整うと、梅紅は再び与えられた自室へと戻された。しかし居室ではなく、部屋の半分以上を寝台が占める寝所で待つよう告げられる。

「では、私共は失礼いたします」

「え、行っちゃうの？」

「勿論でございます。昔は伽の確認をさせる風習もあったそうですが、今は寝所に入れるのは陛下のお相手だけですよ」

梅紅様なら大丈夫、と宥《なだ》めるように請け合って侍女達は部屋を出て行き、ほの暗い寝所に梅紅だけが取り残された。

――ええっと。確か床に膝をついて、ご挨拶するんだっけ。

つい今しがた、全身を清められながら口上を教えられたけど、緊張と混乱で殆ど覚えていない。

ただひとつ『皇帝のお言葉は絶対』ということだけが、頭と心に刻まれた。

――そうだ！　陛下が来るなら、兄様の服を着ないと。

皇帝が何を考えているのかさっぱり分からないが、こうなってしまった以上、誤魔化すしかない。梅紅は持ち込んだ荷物の一番下に隠してあった、兄の着物を身につける。

獣族は人間族よりも遥かに鼻が利く。雪蘭として後宮に上がっている以上、少しでも疑われないようにと兄が託してくれた着物だ。

急いで夜着を脱ぎ兄の服を纏ってから、再び夜着を羽織る。綺麗《きれい》に着付けられた夜着は乱れてしまったけれど、どうしようもない。

——殴っちゃったのに、なんで俺を追い出さなかったんだろう。身代わりだって気付かれたのかな？　だったら、渡りなんてしないで牢獄行きだろうし……。

無礼を働いたことを咎められるならまだしも、名誉とまで言われる披露目前の伽を命じられるなんて、絶対に裏があるに違いない。

色々と考えていると、廊下から足音が聞こえてくる。梅紅が咄嗟に額《ぬか》ずくと、寝所の扉が開いて皇帝が入って来た。

「あの。えっと……今宵は勿体《もったい》なくも伽を命じていただき、誠にありがたく……その……」

平伏したまま、梅紅はしどろもどろに口上を告げる。明らかに間違っていると自分でも分かったけれど、教えられた文言が何ひとつ思い出せない。

途中で口ごもると、思いがけず優しい声が頭上から降ってきた。

「堅苦しい口上はいい。顔を上げろ」

「はい……ですが……」

「昼間の元気はどうした？」

「あれは、その……皇帝陛下と知らなくて、ご無礼をいたしました」

流石に皇帝と知った今は、軽率な言動などそうそうできる訳がない。

「お前くらい元気のいい番が好みだ。そう畏《かしこ》まらずともよい。俺を殴ったときのように、自由に振る舞え」

「………………」

「何をしても叱らぬと約束しよう。それでも、顔すら上げられないか？」

どう返答すれば良いのか迷っていると、衣擦《きぬず》れの音がして梅紅はびくりと身を竦めた。次の瞬間、急に体が浮いて自分が皇帝に抱き上げられたのだと気付く。

「ひっ」

「そう怯えるな。流石に傷つく」

「ごめんなさい！」

「冗談だ」

笑う皇帝の口元からは、狼族特有の鋭い犬歯が覗く。

そのまま梅紅は、部屋の半分以上を占める豪華な寝台に腰かける彼の膝《ひざ》の上に乗せられた。

確かに目の前にいるのは、昼間、梅紅が平手打ちを食らわせた男だ。

紺色の夜着を纏っただけの寛《くつろ》いだ恰好《かっこう》だが、風格というか形容しがたい威厳を感じる。まだ即位して一年も経っていない上に、民の前にも姿を現さない謎の多い新帝だ。

絵姿さえ拒んでいる変わり者だから、よほど容姿に自信がないのではないかと口さがない流言まである。

けれど梅紅を膝に乗せて満足そうに見つめてくる彼は、堂々とした品格ある男で、言葉も緊張も忘れて見入ってしまう。

昼に皇帝その人と知らずに会った時も、梅紅は彼に見惚《みと》れてしまったと思い出した。

「どうした？　俺が恐ろしいのならば、今日のところは引き上げるが」

ぽかんとしていた梅紅は、皇帝に髪を撫《な》でられて我に返った。

「いえ、大丈夫です！　知らなかったとはいえ、失礼な真似《まね》をして申し訳ありませんでした」

「名乗らなかった俺が悪い」

「怒っていないのですか？」

「怒る筋合いがないな。吟愁にも、正式な顔合わせの前に勝手に部屋へ入ったお前が悪いと叱られた」

「あの、どうして、あんなお姿で……？」

皇帝本人なのだから、ただ顔合わせを待てばいいだけだ。

「お前に早く会いたくて、我慢できなかったのだ。護衛の服を借りて、見咎められぬよう裏口も使ったが、全て吟愁に報告されてしまってな――」

あいつは年下の癖に年寄りみたいに説教が長い、と大らかに笑う皇帝に、何と返せば良いのか分からない。

「――だからお前が謝ることはないぞ、雪蘭」

兄の名を呼ぶ皇帝に、梅紅は我に返った。

——そうだ、名前……。

皇帝は『雪蘭』を、ここへ呼び寄せたのだ。

後宮の管理をしている吟愁とは、あれから顔を合わせていない。女官達の会話からも、忙しい方なのだろうと想像はついた。手続き上の錯誤で名前を取り違えられたのだという梅紅の主張が、吟愁から皇帝へ伝えられる隙がなかったようだ。

妙な居心地の悪さを感じて、梅紅は俯く。身代わり作戦を完遂するためには、名前の訂正を今、確実にしておかなくては。しかし、その切実な理由とは別に、自分でもよく分からないもやもやとした気持ちに突き動かされる。

「あの、えっと」

「言いたいことがあるならば素直に申せ。許す」

「失礼ながら申し上げます。俺は、梅紅といいます。その、あ、弟と名前を間違えて届けられてたみたいで」

「そうか。地方では人間族の戸籍管理が未だ行き届いていないと聞いているが、改めねばならぬな。俺の番はお前なのだから名前など何でもいいが……そうだな、梅紅のほうがよほどお前に似合っている」

拍子抜けするほどあっさり納得してもらえてほっとすると同時に、『梅紅』と本当の名前で呼ばれたことがびっくりするほど嬉しい。

「では、梅紅。今宵からお前には、俺の番として生きてもらう」

「——はい」

有無を言わせぬ強さに感じ入り、相手は皇帝なのだと考える隙もなく、梅紅は頷いていた。灰色の鋭い眼差しは、肉食獣そのものだ。獣族が人間族を文字どおり『食べる』などあり得ないが、皇帝が気まぐれに嬲《なぶ》れば梅紅の体など簡単に引き裂けるだろう。

「未だ発情したことがないとは、まことか？」

問われて梅紅は、無言で頷いた。発情していないどころかできない——本当は續だなんて知られれば、問答無用で死罪だ。

自分で言ってしまった上に、この状況では誤魔化すこともできない。どうやって切り抜けようか悩んでいると、皇帝の爪が梅紅の首に巻かれている革紐に触れた。

「えっ……」

軽く引っ張っただけで、丈夫な革製のそれは簡単に引きちぎられてしまう。鬱陶《うっとう》しげにそれを床に投げ捨てると、皇帝が再び梅紅の瞳を覗き込んだ。

——気付かれる！

圧倒的に強い闘が傍《そば》にいる場合、番を持たない守は突発的な発情を起こす。それは本能に組み込まれた『優秀な子孫を残す』という守として当然の反応だ。

けれど梅紅は續だから、発情を抑える薬の染み込んだ革紐を取り去られても、体は全く反応しない。

新帝は確か二十五歳になる。十分に成熟した雄の狼族だ。

それも皇帝ほどの強者であれば、発情期でもない守を強引に発情させてしまうことが可能だ。

しかし續の梅紅は体が熱くなるわけでもなく、まして発情香が香るはずもない。

この異変に皇帝が気付かない訳はなく、梅紅は問い詰められるのを覚悟したが、聞こえてきたのは思ってもみなかった言葉だった。

「これは……さぞ痛かっただろう」

首の皮膚のことを言っているのは、すぐに分かった。革紐に染み込んだ発情を抑える薬が体質に合わず、続いていた痒みはここ数日で熱を帯びた痛みに変化していた。

「平気です。沢で転んで、膝をすりむいたときの方がずっと痛かったし」

「擦り傷と薬の爛れでは、比較にならないだろう。大人しくしろ。触ったりするなよ」

苦笑しながら皇帝は寝台を降りて、側にある戸棚から手鏡を持ってくる。

そして鏡を梅紅に渡し、首元の様子を見るように告げた。

「こんなになってたんですね」

思っていた以上に赤く爛れて、ところどころ血が滲《にじ》んでいる。これでは皇帝が眉《まゆ》を顰《ひそ》めた

のも、納得できた。

「薬師《くすし》に膏薬《こうやく》を用意させておいて正解だったな。昼にお前の香りを嗅いだとき、微《かす》かだが確かに血の臭いがしていた」

皇帝が懐から、貝殻の薬入れを取り出す。そして革紐を引きちぎったのが嘘のような丁寧な所作で、手ずから梅紅の首に膏薬を塗ってくれる。すると嫌な痛痒さが瞬く間に消えて、梅紅はほっと息を吐いた。

しかしすぐ、大切な責務を思い出し両手で項を隠す。

「梅紅？　手を退《ど》けよ」

「駄目です。項に塗れば、薬が皇帝のお口に入ってしまいます」

口にしても無害だろうけど、膏薬を塗った項を噛むなど不快に決まっている。

この程度の腫れなど、伽を拒否する理由にはならない。それに発情しなくとも、この体は闢を受け入れるための器だ。

兄の身代わりとして皇帝を欺き続けるためには、梅紅はたとえ発情していなくとも伽を成功させせなくてはならない。

「このくらい平気ですから、どうか陛下の番にしてください。俺、そのために後宮に来たんです。お願いします！」

必死の訴えが皇帝の心を動かしたのか、少し思案してから彼が口を開く。

「——もとよりそのつもりだが、条件がある」

「何でしょうか？　陛下のご命令であれば何なりと……」

「その慣れぬ喋り方は止めろ。俺は俺を殴った時のお前が気に入ったのだ。これより番となるのだから、名前で呼べ」

どこまで本気なのか分からず、梅紅は困惑する。

からかっているだけなのか、それとも何か意図があって試しているのか判断がつかない。

「皇帝の命令だ。逆らうことは許さぬ」

呆気《あっけ》に取られる梅紅の手を退け項にも薬を塗ると、皇帝は梅紅の肩を抱き更に体を寄せてくる。夜着越しにも分かる逞《たくま》しい体に、どうしてか胸の鼓動が速くなった。

そのままはしたない方向へ流れてしまいそうな思考を無理矢理振り払い、意を決して彼の名を口にしようと気合いを入れる。

けれど口を開いた梅紅は、肝心なことを思い出した。

「でも俺、陛下の名前を知りません」

だから呼べないと続ける前に、皇帝が大真面目に頷いた。

「ああ、教えていなかったか。俺は、宵藍《シャオラン》だ」

「……宵藍様」

精悍《せいかん》な顔が近づいて、梅紅は初めての口づけを交わした。恥ずかしいと思う間もなく、宵藍が唇《くちびる》を離して優しく笑う。

「様は付けるな。宵藍と呼べ」

灰色の瞳が、真《ま》っ直《す》ぐに梅紅を射る。

発情などできないはずなのに、どうしてか背筋が甘く震えた。それは恐怖などではなく、明らかに別の感情だと分かるけれど深く考えられない。

「宵藍……」

「愛らしい声だ。梅紅」

夜着の合わせから大きな手が入り込み、梅紅の胸元を撫でる。くすぐったいような心地よいような、不思議な感覚に梅紅は体を捩った。

時折こめかみや頬に宵藍が口づけ、その間も手は梅紅の体を弄り続ける。

――雪蘭兄様は、李影様と一緒にいると、夢のように幸せだって言ってたっけ。

優しく触れられるのは、単純に心地よい。発情はしなくても感じはするので、梅紅は素直に宵藍が与えてくれる愛撫《あいぶ》に身を委ねた。

もしも自分が守のように発情できていたなら、強い闘である彼を身も世もなく求めていただろう。

発情した守は甘い声で番を呼び、秘するところを奥の奥まで開いて雄を受け入れるのだと、侍女達は梅紅の夜着の着付けをしながらてらいもなく話していた。

けれど續の梅紅は、どれだけ宵藍に触れられても発情には至らない。

暫く梅紅の体に触れていた宵藍だったが、一際深い口づけをしてから愛撫の手を止める。

「宵藍、どうしたの？」

「今宵は止めておこう。お前の体は、俺と番う準備ができていない」

ふわふわとした夢見心地から、一瞬にして現実へと引き戻される。梅紅は乱れた夜着を整えると彼の膝から降り、寝台の上で平伏した。

「ごめんなさいっ。俺……」

「緊張しているからだろう。気にするな、俺は責めてはいない。それに首の爛れが治るまでは、項を噛むことも控えねばなるまい。お前の体と心が落ち着くまで待つくらいは耐えてみせよう――分かったら、いい加減にその顔を見せよ」

「はいっ」

発情しない梅紅に対して、宵藍は怒るどころか気遣ってくれる。その優しさが嬉しくもあり、同時に辛くもあった。

――優しい方だな。夕食の時に聞いた噂と全然違う。

あの話はそもそも先帝の悪行についてだったが、その血を受け継いだ宵藍を『非道な皇帝』なのではないかと恐れる女官が少数でもいるのは事実だ。

けれど少なくとも、梅紅には彼が先帝のような不実を行うとは思えない。

ただ疑問もある。

これで梅紅が皇帝ほどの強い闘の愛撫を受けても発情しないと分かったはずなのに、どうしてか宵藍は気にする様子がないのだ。

皇帝の妃となる守ならば、求められれば発情して当然。

まして吟愁が言っていたとおり『運命の番』という触れ込みであれば、梅紅の発情に国の命運すらかかっていることになる。

「――いくら待っても発情しなかったら、どうするんですか。強い闘が近くにいれば、守の体は自《おの》ずと伽の準備が整うはずなのに、俺は……」

「お前が未だ経験しておらぬだけで、発情はできるはずだぞ。狼族の嗅覚を侮るな」

断言されて、梅紅は胸の奥が罪悪感で締め付けられる。自分は彼だけでなく、この天狼国全部を裏切る大罪を犯そうとしているのだ。

――でも、なんで俺のこと疑わないいんだ？　……ああ、そっか、きっと兄様の服から兄様の発情香が香って誤魔化せたんだ。

ほっとすると同時に、何故か胸の奥が少し苦しくなって梅紅は俯く。

そんな梅紅に、宵藍は不安になったと思ったらしい。

「以前、妃選びの為に身分を隠して各地へ出かけ、お前の町にも訪れたことがある。その折にお前の甘い香りを感じた。稲妻に打たれたかと思ったぞ。運命とは斯様《かよう》にも鮮烈なものかと。確かにお前のこの香りであったのは間違いない。名前も顔も確かめることが叶《かな》わなかったが、どうしても欲しくなった」

真摯《しんし》な眼差しで告げられる言葉に、梅紅は耳まで真っ赤になる。けれど何故こんな反応をしてしまうのか――こんなふうに口説かれることなど、生まれて初めてだからなのか。自分ではなく、兄に向けられた言葉なのに。

恥ずかしさを紛らわすように、梅紅は他愛もないことを尋ねた。

「視察って、その……いつ、いらしてたんですか?」

「先帝が崩御する直前で、確か土地の祭りの日であったと記憶している」

「たくさん人がいたのに、分かるの?」

「運命の番の香りだからな」

近隣からも大勢の人々が集まっていたし、食べ物の露店も多く出ていた。いくら嗅覚が鋭いといっても、様々な匂いの入り乱れた中で唯一の香りを嗅ぎ分けられるものなのだろうか。

――運命の番って、そんな特別な香りがするのかな?

ずっと共に暮らしてきた兄の発情香ですら嗅ぎ取ったことのない梅紅にしてみれば、全く未知の話だ。

「今のお前からも、確かにあの香りがするぞ。町の広場にいただろう?」

「え……あ……はい……」

「この甘い香り、間違えるはずがない」

やはり兄の着物の香りで、彼の嗅覚が騙されているのだろうか。

ともあれ、鼻が利く狼族の特性を逆手に取った作戦は成功したのだ。こうして至近距離で触れ合っている今も、どうやら宵藍は微かに漂う雪蘭の香りを梅紅のものだと思い込んでくれている。

――兄様は本当に、宵藍の運命の番なんだ。

作戦がこの上なく上手くいって喜ぶべきだと思うのに、どういうわけか胸が軋《きし》むような感じがして、梅紅は違和感を紛らわすように浅く呼吸を繰り返す。

宵藍がお忍びで視察に来たという日は、何故か『守は全員広場に出るように』と役所から通達があったのだった。

兄妹と共に祭りへ繰り出そうと話していたが、当日になって妹は友人から誘われ別行動になってしまった。それで梅紅だけが、不思議な通達の意味を深く考えることなく、兄に同行することにしたのだが。

あれがまさか妃選びだったなんて――……。

「俺にはお前が必要だ、梅紅。どうか怯えず、番になってほしい。お前が俺を望んでくれるまで、いつまでも待とう」

どこか切羽詰まったような声と瞳で掻き口説く宵藍に、梅紅は胸を引き裂かれそうな気持ちになる。もしも自分が発情できる守であれば、『運命』ではなくとも、せめて番になって子を生《な》す望みに応えることができたのに。

しかし自分は守ではないし、宵藍が求めているのは『運命の番』である兄の雪蘭だ。宵藍を欺いたまま頷くことなどできず、梅紅は唇を噛んだ。

ごめんなさい、ごめんなさい、と梅紅は心の中で宵藍に謝る。無言で俯いてしまった梅紅を気遣い、宵藍が寝台の側に置かれた行燈《あんどん》を一つだけ残して吹き消した。

「今日はいちどきに様々なことが訪れたから、疲れただろう。もう眠れ」

優しい言葉に抗う術《すべ》はないし、宵藍の言うとおり、梅紅はとても疲れていた。

「……はい」

寝台の隅で横になろうとした梅紅だったが、当たり前の仕草で宵藍に抱き寄せられる。

「あの、やっぱり俺、床で寝ます。ちゃんと番になれないのに、一緒の寝台で寝たりしたら怒られます」

「馬鹿を申すな。お前はれっきとした俺の番だ」

身を竦ませる梅紅を宥めるみたいに、宵藍が優しく口づける。

「ん……ぁ……」

口内を舌先で愛撫され、梅紅は初めて知る甘い快感に酔い痴《し》れた。

——これ、だめ……番じゃないのに、きもちよくなるなんて……。

心地よさに負けてねだるように唇を開くと、口づけが深くなる。宵藍は口づけに不慣れな梅紅を気遣い、呼吸の妨げにならぬよう時折、唇を離す。

「しゃお、らん……」

舌足らずに彼を呼ぶ。宵藍は灰色の瞳を細めて梅紅の左手をそっと持ち上げると、手首の内側にある四つの花弁に口づけた。

「今宵はもう眠れ。愛しい番」

低く優しい声に抗えず、梅紅はこくりと頷く。

柔らかい枕とふんわりとした上掛け。

そして何より、逞しい宵藍の腕に抱き締められて、梅紅はうっとりと目蓋《まぶた》を閉じる。

——布団《ふとん》、ふわふわで気持ちいい……宵藍の付けているお香も、良い匂い。

夜着にも焚きしめられているらしいお香は、昼にも嗅いだそれと同じ香りだ。きっと皇帝用として、特別に作られたお香なのだろう。

——でも、やっぱりこの香り、知ってる気がする。

記憶を辿《たど》ってみるが、眠気が邪魔をして思い出せない。

——俺が本当に、宵藍の運命の番になれたら……よかったのに……。

宵藍が口づけた火傷の痕が、僅かに痛む。偽りの守の印を、皇帝ですら見破れなかった。身代わり作戦は驚くほどに上手くいっている。

腕の中で微睡《まどろ》みながら、己が續だということを梅紅は悲しく思った。

翌朝、目覚めると寝所に宵藍の姿はなかった。梅紅は乱れた夜着のまま、暫く呆然と寝台に座り込んでいたが、やがて辺りを見回す余裕を取り戻した。

「えっと……そっか、後宮だった……やばい！」

次第に意識がはっきりしてくると、今朝方、宵藍に起こされても眠くて二度寝した記憶が蘇ってくる。

「寝てていいって言われたけど。流石にお見送りするのが礼儀だよな」

今更反省しても既に遅い。

ついでに昨夜、伽に失敗した経緯もまざまざと思い出してしまい、梅紅は青ざめる。

あんなふうに、本当に運命の番にするみたいに、優しくしてくれたけれど。

――一晩一緒にいて、流石におかしいって思い始めたのかもしれない！

身代わりとしてここに来たのだから、直接的な接触はできるだけ避けなきゃいけなかったのに、と梅紅は頭を抱える。

まさか後宮へ上がった初日に、『正妃』として望まれ、皇帝と閨を共にすることになるなんて思ってもみなかった。人間族が床に呼ばれるなんて、滅多なことではあり得ないと聞いていたのだが。

ともかく現実に自分は皇帝と同衾《どうきん》して、その上まともに伽のお役目を果たせなかった。續とばれなかったのは上々としても、守として失格という烙印《らくいん》を押されたも同然だ。

――宵藍は祭りの日、運命の番の香りが分かったって言ってた。あの人混みで兄様の香りを嗅ぎ分けられるのに、兄様の着物を羽織っているだけで誤魔化された……なんてことがあるのかな。

昨晩はあまりの事態に自分は気が動顚《どうてん》していたのだ。いかに楽天的な梅紅でも、そんな都合のいいことがあり得る訳がないと、今となっては思う。

今頃、宵藍は後宮を統括する吟愁に、全てを伝えていることだろう。

身を偽っていただけでも罪深いのに、偽りの身の上で皇帝と褥を共にしたとなれば、想像もできないほど恐ろしい罰が与えられるのではないか。

覚悟を決めてきた自分だけならともかく、確実に故郷の家族も巻き添えにしてしまう。

どうすればいいのかと悲嘆に暮れる梅紅を、扉の外から女官長の声が呼んだ。

「梅紅様。よろしいですか？」

「え、あ！　はい！」

梅紅の世話を侍女達に任せた彼女がわざわざ訪れたということは、何か沙汰を告げに来たのだろう。

「そろそろ昼ですので、起きていただかないと困ります。故郷でもこのように、寝坊三昧だったのですか？」

棘《とげ》のある物言いだが、事実なので梅紅は反論もできない。

初対面の時から、女官長は梅紅にあまり良い印象を持っていないようだった。大勢いる寵姫のうちの一人、ならまだしも、正妃が人間族なのが納得できないのだろう。

ほんのつかの間の縁だったが、これ以上相手の機嫌を損ねないためにも、自分のするべきことは一つだと梅紅は考える。

「着替えたらすぐに荷物を纏めます！　出る前に掃除もしますから、少し待ってください」

牢獄へ移されるのだと覚悟して答えたのだが、女官長が怪訝そうに溜息をつく。

「荷物？　掃除？　仰る意味が分かりませんが、それより婚礼のお支度です。まだ体を清めていないのでしたら、その方が都合がよろしい。侍女を呼ぶので、そのままでいてください」

「――こ、婚礼？」

「湯浴みが済んだら新しいお部屋へ移っていただくことになりますが、荷物整理などは侍女にお任せなさいませ。午後から後宮内で儀式を執り行いますから、そのつもりで」

呆気に取られた梅紅に女官長が構うことはなく、一方的に予定を告げると足早に立ち去ってしまう。

――とうとう牢獄に入れられるんじゃないの？　婚礼って、俺が知ってる婚礼で合ってる？

寝台の上で衝撃から立ち直れないままでいると、昨夜食事を共にした侍女達が入って来る。

「おめでとうございます！　梅紅様」

「さあさあ、お支度をしましょう」

「着替えながら食べられる春巻きと、桃饅頭《ももまんじゅう》をご用意しますね。これから忙しくなりますよ」

きゃっきゃと騒ぐ同じ年頃の娘達に取り囲まれ、梅紅は流されるように湯殿へ向かった。

数人がかりで全身をこれでもかと磨き上げられ、食事を取りながらの慌ただしい着替えが終わると、女官が呼んだのか吟愁が入って来る。そして吟愁は平伏する侍女達に、部屋から出るよう命じた。

「本当に、陛下と伽はされなかったのですね。いや、できなかったと言うべきか」

室内の空気を嗅ぐと、吟愁が眉を顰める。含みのある物言いに、梅紅は俯く。

個人差はあるが、獣族には何が起こったのか微かな香りから分かってしまうのだ。特に狼族である吟愁は宵藍同様、嗅覚が鋭い。

それでも、こうもはっきり言われると恥ずかしさで耳が赤くなる。

「吟愁様。本当に俺が、陛下の運命の番なんですか？」

「そうです。これからは正妃としての自覚を持って、行動してください。――貴方が発情を迎えていないことは、陛下と私しか存じませんのでご安心を」

後半は声を潜めて、しかしなんの迷いもなく言い切られ、梅紅は困惑した。つまり、宵藍は吟愁に梅紅の秘密を告げたのだ。

いくら皇帝が選んだとはいえ、発情を迎えていない守を正妃として認めるなど彼の立場からすれば許しがたいことだろう。

しかし吟愁が梅紅を咎めることはなく、身を引くよう促す言葉を告げようともしない。

「でも、たとえ運命の番だとしても、人間族は正妃になれないんじゃないんですか？」

「それは陛下がお決めになることです。嫌ならば、陛下に直談判《じかだんぱん》すればいい」

素っ気ない答えに、梅紅は益々《ますます》困ってしまう。代々、皇帝の正妃は狼族かそれに準ずる高位の獣族から出るのが慣例らしいのに。

「側仕えには、『梅紅様は、旅の疲れで発情が止まっている。薬で腫れた皮膚が治るまで、正式な番としての披露目はしない』と伝えてあります」

「……嘘吐いて、大丈夫なの？」

「貴方が話を合わせれば問題ありません。そのくらいはできますね？」

眼鏡の奥で、吟愁の瞳がぎらりと光る。その圧力に、梅紅は自分が何を言っても無駄だと理解する。

「ただし、既に後宮に入り、部屋を与えられていますから内部の者には正妃としての披露目をします。今日は、その儀式と宴です」

梅紅を置き去りにして、事がどんどん進んでいく。

それも取り返しのつかない方向に。

――後宮の隅で大人しく暮らす筈だったのに、どうしてこうなっちゃったんだろう。

宵藍のことは……嫌いではないけれど、発情もできないどころか、そうなるように仕向けたとはいえ、勘違いで『運命の番』と思われている現状は非常に居心地が悪い。

困惑し俯く梅紅だが、女官達の悲鳴に近い声に顔を上げた。

「あの馬鹿。後宮でも皇帝らしい振る舞いをしろと散々言ったのに、もう忘れたのか」

普段冷静な吟愁のものとは思えない乱暴な言葉に驚いていると、扉が開いて宵藍が入って来た。その後に、毛を逆立てた羊の女官長が続く。

「支度は終わったのだろう？　俺の花嫁に会いに来て、何が悪い」

「儀式前の姫君には、たとえ陛下でも会ってはならない決まりです！」

「床を共にしたのだ、今更だろう」

混ぜっ返す宵藍に、梅紅は頬を赤くした。

「宵藍っ……じゃなくて陛下。恥ずかしいから言わないでください」

周囲の目もあるので梅紅は礼儀正しくしようとするけれど、宵藍は気にする様子もない。

「お前は本当に愛らしいな、その正装もよく似合っている。まるで女仙のように美しい」

「わあっ」

両脇を摑まれ、梅紅はまるで子供のように抱き上げられてしまう。

「いい加減になさいませ、陛下！」

我慢の限界だったのか、女官長が宵藍を叱り飛ばす。流石にやり過ぎたと反省したのか宵藍は残念そうに肩を竦めて、梅紅を下ろした。

その後は『これ以上、問題を起こされては堪《たま》らない』という女官長の仕切りで、急遽《きゅうきょ》中庭に祭壇が設けられて披露目の儀式が始まった。

最初から後宮仕えの者達だけを集めた内輪の披露目と伝えられていたからには、これで『こぢんまり』とした規模なのだろう。

とはいえ、祭壇に供えられた供物《くもつ》や集まった侍女や女官の装束は、梅紅の故郷で行われる婚礼よりもずっと豪華なものだ。

内々の披露目とは一体何をするのかと疑問だったが、吟愁が恭《うやうや》しく掲げ持って来た首輪を見て梅紅は息を呑む。金糸で彩られた絹の上で輝くのは、黄金の地金に玉や珊瑚《さんご》、そして見たこともない美しい宝石がちりばめられた首輪だった。

「こちらは、正妃となる姫君が、披露目前に後宮で過ごす間に付ける『項の護《まもり》』でございます。後宮へ立ち入れる闘は陛下お一人ですが、万が一のためと正妃であるお立場をみなに知らしめる品。狼族は勿論、伝説の竜族でさえ噛み壊せない特別な首輪でございます」

大げさな説明をもっともらしく告げる吟愁をよそに、梅紅はただ、ぽかんとして光り輝く首輪を見つめていた。

「傷が治らぬうちに付けるのは、良くないと反対したのだが……」

「大丈夫。昨夜塗ってもらった薬が効いて、腫れも大分引いたんだ」

今朝も膏薬の残りを塗ったので、痛みはもう殆どない。

宵藍が首輪を手に取り、気遣いながら梅紅の首にそれを填めてくれた。項で輪のつなぎ目が留められ、更に鍵がかけられる。

「こちらは私めがお預かりいたします。では陛下、姫君に仮の番として誓いの口づけを」

恭しく鍵を受け取り、吟愁が頭を下げた。

「宵藍が持つんじゃないの？」

「梅紅はまだ、正式には私の番ではないからな」

祭壇の前に向かい合って立つと、宵藍が梅紅の前に片膝をつく。儀式の内容を知らされていなかった梅紅は戸惑い周囲を見回すと、女官長が声を出さず口の動きだけで『動かないで』と告げているのが見えた。

「この首輪を付けた姫君は、天狼国の宝という意味を持つ。天狼国の尊き姫。そして我が運命の番。故郷を離れ、後宮へ上がってくれたことを感謝する」

宵藍が梅紅の左手を取り、袖《そで》を捲った。咄嗟に梅紅は手を引こうとしたが、女官達の視線に気付いて動けなくなる。

ここで不自然な態度を取れば確実に怪しまれる。何をするのかと怯えながら彼の行動を見守っていると、宵藍が徐に跪《ひざまず》いて、昨晩のように火傷の痕にそっと口づけた。

――……偽の印だって、やっぱり気付いてない。

僅かに引き攣れた皮膚に宵藍の唇が触れると、傷痕がぴりりと痛んだ。

「その首輪を外した時、お前は我が番となる。異存なくば、私の耳に口づけを」

「……はい」

体は人間族と同じだが、獣族には耳や尾、角など獣の形が現れる。獣の部分は感覚が鋭く、触られるのを嫌がる者は多い。だからその部分に触れられるのは、特別な相手だけなのだ。

促されておずおずと身を屈《かが》めた梅紅は、日の光に輝く狼の耳に唇を落とした。

「これで、いい？」

問いかけると、宵藍が立ち上がり微笑みながら頷く。

――夢みたいだ。

花々が咲き誇る美しい庭で、自分は皇帝の番として儀式を執り行っているのだ。

取り返しのつかない裏切りと分かっていても、喜びに胸は震え、梅紅は頬を赤く染める。

「堅苦しい儀式は終わりだ。みな、これから忙しくなるが頼むぞ。今日は特別な祝いの日だ。女官、侍女共。そこの下女達も須《すべか》らく祝いの席に入れ」

宵藍が見守っていた女官や侍女達だけでなく、位すら与えられていない下女にも声をかける。すると歓声が上がり、そこかしこから料理の載った皿が運ばれてきて、あっという間に宴の準備が整えられた。

――宵藍のこと、優しいって言ってた理由。これだったのか。

恐ろしい先帝の息子だと怯える女官へ、そうではないと反論する者がいたのも頷ける。

決して気やすくはないが、宵藍が下位の者達にも目を配っているのは分かった。それに、それなりの位を与えられた女官であっても、政務とはかけ離れた後宮仕えの者は軽んじられる傾向があるようだった。

そんな微妙な立場だから、彼女達からすれば少しでも気にかけてくれる宵藍の言動は、仕事へのやりがいや心の支えになるのだろう。

先帝の非道を受け継ぐ皇帝として警戒する者もいれば、気さくな為人《ひととなり》を評価する者もいる。彼はまだ、仕える者達から品定めをされている状態なのだと梅紅は知る。

――皇帝も大変なんだな。

歌い騒ぐ女官達を眺めていた梅紅は、ふと気付いてしまう。

恐らく今後、各地方から大勢の寵姫達が送られて来る。それがいつかは分からないけれど、近い将来、きっと起こることだ。

——吟愁様は宵藍が決めたことって言ってたけど、人間族が正妃になるなんて、獣族の寵姫達には許せないよね。この首輪にもっと相応しい、ちゃんとした守が現れるかも……。

冷静に考えると、なんだか鼻の奥がツンとして胸が痛くなる。

「どうした？　梅紅」

宵藍に誘われて二人がけの椅子に座ると、すぐに甘いお酒が運ばれてくる。女官だけでなく侍女や下女達も交ざり、そこかしこで歌や踊りの輪がまた新しく生まれる。

代わる代わる祝福の言葉を述べに来る彼女達に、梅紅は、今は難しいことは考えず素直に喜ぼうと決めた。

「なんだか、くすぐったいな」

「傷が痛むのか？」

「いいえ。ええと、くすぐったいのはこの辺り」

首を横に振り、梅紅は自分の胸を指さし隣で杯を傾ける宵藍に笑ってみせた。

「すごく嬉しいと、胸のところがふわってしない？」

「お前は不思議なことを言う——面白い。それに笑えば、ことのほか愛らしいな」

優しい笑みを返してくれる宵藍に、梅紅はこの幸せな時間がずっとずっと続けば良いのにと思った。


日々は、梅紅の不安とは裏腹にとても穏やかに過ぎていく。

昼は政務で忙しくしている宵藍だが、夜には必ず梅紅の居室を訪れて一緒に食事を取るのが恒例になった。その都度、花や宝石、着物や果実など珍しい品を携えてくる。

首輪を付けているので皮膚の爛れを治す膏薬を塗ることができない梅紅のために、代わりの飲み薬まで用意してくれた。

発情の兆候があれば首輪を外すので、すぐ侍女へ伝えるようにと女官長から言われているけれど。そもそも續である梅紅には『兆候』などある訳がない。

とりあえず分かったふりで頷いてみたものの、毎夜宵藍と過ごしていても当然だが体に異変は起こらないままだ。

当初はいつ身代わりと気付かれるか戦々恐々としていたけれど、今ではさほど気にせず生活をしている。兄の着物も初めて床を共にして以来、仕舞い込んだままになっていた。

――本当のお姫様になったみたいだけど。後宮の生活って……退屈だ。

幸い許可された範囲でなら出歩くことは認められているので、梅紅は朝食を終えると散歩がてら後宮内を見て回るのが日課となった。

しかし、ほんの数日で許可の出た範囲の探検はし尽くしてしまった。そうなると妃として必要な礼儀作法などの講義のない午前中は、暇を持て余すほかなくなる。

皇帝である宵藍は、日の高いうちに後宮を訪れることはない。

帝として朝議の裁定をはじめ、様々な政務をこなしているのだと女官が教えてくれたので、それは仕方ないことだと納得できる。

一方、梅紅はといえば、正妃『候補』という微妙な立場だ。

寵姫でもある程度の地位があれば、それなりの仕事を任される場合もあるらしい。正妃ともなれば、帝の側近と同等の地位が与えられ政にも参加する。

しかし、飽くまでも正妃『候補』でしかない今の梅紅は、大人しく宵藍と正式な番になる日を後宮の一画で待つしかないのだ。

勿論、ただ待っている訳ではない。

毎日午後になると、礼儀作法の稽古や楽器などの修練が始まる。

女官長と彼女直属の女官達に囲まれ、厳しい叱責を受けながら細々とした作法を覚えなくてはならない。挨拶一つ取っても、相手の身分や出会った場所、時間や装束によってかける言葉が異なるのだと聞かされて目眩《めまい》がした。

他にも歌や舞の所作、手紙の書き方など覚えることは山ほどある。だが、一番辛いのは、『侍女や下女と気やすく話してはいけません』と釘《くぎ》を刺されることだ。

怖い女官がいない隙を見て侍女や下女とは会話をしているけれど、周囲に気を配りながらのお喋りは気が休まらない。

そして今日も、梅紅は通りすがりの侍女をお茶に誘ったところを運悪く見つかってしまい、業《ごう》を煮やした女官長から直々にお小言を賜っていた。

「この際ですから、はっきり申し上げます」

この羊族の女官長は、先帝の頃から後宮に仕えており、吟愁も一目置いている人物だ。将来の正妃だと宵藍が認めた梅紅にさえ、容赦はない。

椅子に座った梅紅は、文机《ふづくえ》の向かいから睨み付けてくる鋭い眼差しを避けるように項垂れていた。

――そりゃ……怒るよね。

後宮に上がるのは、一般的には貴族の姫だ。基本的な礼儀作法は勿論、それぞれ得意な楽器や舞、あるいは出身地方の伝統芸能などを身につけている。

兄の雪蘭も幼い頃から手習いに励んでいたし、学校の成績は獣族の闘達すら抜いて常に主席だった。

けれど梅紅は兄と真逆で、進級試験では毎回下から数えた方が早い数字を叩き出し両親を心配させていた。

「——後宮は貴方様が考えている程、楽な場所ではございません。まして正妃候補となれば、陛下の臣下の目も厳しく、口さがなく言われることすらありましょう」

いつもの嫌味たっぷりの叱責かと思いきや、どこか声の調子が違う。叱られると思って身構えていた梅紅は、顔を上げて女官長を見た。

するると彼女は珍しく困り果てた様子で声を潜める。

「正式な披露目前ならまだ間に合います。幸い、番の儀式も済んでおりません。私共も口実を考えますから、故郷へお帰りなさい」

女官長の傍に控えている女官達も、静かに頷く。

「後宮で暮らすのって、そんなに大変なことなの？　えっと、作法がなってないのは自分でも分かってます。これから頑張って覚えるんじゃ、駄目かな」

すると女官長が首を横に振る。

「私を含め教育係の女官はみな、先帝の寵姫に仕えておりました。貴族の姫君達は気位が高く、己より身分の低い寵姫に陛下の渡りがあれば翌日から酷く虐《いじ》めて、後宮の隅へ追いやるなんて日常茶飯事。礼儀作法も覚束《おぼつか》ない、楽器や歌もまるで駄目な姫君なんて恰好の餌食です。まして貴方は人間族、苦労するのは目に見えています」

酷い言われようだが、事実だから反論ができない。

「先帝治世の折には、昼間から寵姫同士が陛下のお渡りを巡って殴り合い……なども、珍しいことじゃございませんでしたよ。待ち伏せて髪を切り落としたり、陛下から賜《たまわ》った着物を切り裂いたり。気の休まる時はありませんでした」

「一番恐ろしかったのは、虎族の寵姫が嫉妬に狂った時です。虎族の姫が暴れれば後宮勤めの女官の手には負えません。仕方なく密《ひそ》かに兵士を呼んで取り押さえたほどです」

「陛下は何も言わなかったの？」

「皆様、陛下の前では大人しいですからね。これから獰猛《どうもう》な性を持つ獣族の寵姫がこちらへ上がるようなことがあれば、人間族の梅紅様は何をされるか……」

この女官長が、梅紅をからかって遊ぶような性格でないのは分かっている。そんな彼女から真顔で言われ、背筋に冷たい物が走る。

「それだけではございません。万が一、無事に正妃となるようなことがあれば、陛下の臣下の方々に会う機会が幾らでもございます。彼等は後宮仕えの女官や寵姫以上の魑魅魍魎《ちみもうりょう》どもと、お考えください」

正妃には政に参加する権利と義務が与えられ、主に子供の教育や医療の指揮系統に携わり、それらの施設代表として公の場に立つ——ことは、先週の授業で教えられて知っていた。

そういった公務の際には、臣下とも顔を合わせることになる。

「少しでも隙を見せれば、好機とばかりに叱責され足を掬《すく》われますよ。彼等はみな、親族の守を後宮に送り込んで陛下と縁戚《えんせき》になろうとしていますからね。その最高の地位を奪った梅紅様は、彼等からすれば排除したい存在です。あの方達の嫌味に比べれば、私共の小言が子守歌に聞こえますよ」

彼女達がこれまで自分にきつく当たっていたことにも理由があると分かって、梅紅の表情は明るくなった。

「心配、してくれてたんだ」

もしも臣下達による『梅紅排除』が物理的に行われた場合、閉ざされた後宮内での『不慮の事故』として、何もなかったことにされて終わるのだろう。

「当然です。こんな何もできない守を後宮へ上げただけでなく正妃候補だなんて。あんまりです。陛下の『運命の番』ですから、そう簡単に手出しはできないでしょう。けれど無事に過ごせるとは言い切れません」

嫌味は混じっているけれど、女官長が本気で心配していることくらい梅紅にも分かる。

身分も身体的にも劣っている人間族の自分は、下手《へた》をすれば命を落としかねないと彼女達は危惧しているのだ。

下手に梅紅に拘わらず、放っておけば彼女達に害は及ばない。むしろその方が、面倒がなくて済んだのではないだろうか。

知らぬ存ぜぬを通すうちに梅紅は排除され、新しくやって来る優秀な獣族の姫に仕えることもできたかもしれないのに、彼女達はあえて宮中の内情を告げ、梅紅を守ろうとしてくれているのだ。恐らくは、そんな話をしただけでも、梅紅の存在を快く思わない臣下達からは恨まれることだろう。

「……ありがとうございます。でも俺、帰りません」

「梅紅様」

「お気持ちはありがたく思ってます。けれど俺は、何があっても後宮に残るって決めて、故郷を出たんです」

当然ながら、兄の身代わりとしてやって来たためとは言えない。

それに今では、宵藍と離れがたい気持ちもある。

「俺は命ある限り、自分の務めを果たします」

帰らないという決意に嘘はない。しっかりと女官長を見つめて宣言すると、少しして彼女が椅子から立ち上がり梅紅の傍へと歩み寄る。

「ご立派なお覚悟、よく分かりました。これから誠心誠意、私共は梅紅様にお仕えいたします」

女官長と彼女直属の部下が、床に平伏した。流石に驚いた梅紅は彼女達の前にしゃがみ込み、顔を上げるように促す。

「そんな大げさにしなくていいってば」

「いいえ、梅紅様をどこに出ても恥ずかしくない正妃にするのが我らの務めと、心を決めました。これからはより一層、勉学と修練に励んでいただきます。みなも手を抜いてはいけませんよ」

とりあえず疎ましがられていないと分かったけれど、ややこしくなったのは否めない。

『せいぜい美味いものでも食べて、のんびり暮らすよ』

ここへの旅路に就く前夜、そんなふうに妹へ嘯《うそぶ》いたのは半分強がりだったが、とても適いそうにない。

やる気を漲《みなぎ》らせた女官達に囲まれ、梅紅はなんとも言えない複雑な気持ちになった。


気合いの入った午後の授業が終わり、梅紅はふらつきながら自室に戻る廊下を歩いていた。

「女官長も、もうちょっと手加減してくれたらいいのに……あ、お疲れ様」

顔見知りになった下女の一人を見かけ、梅紅は声をかける。

「まあ！　お妃様」

「お妃じゃないってば。俺はまだ、何者でもないただの梅紅」

「梅紅様、梅紅様。昨日いただいた焼き菓子、とても美味《おい》しかったの。ありがとうございます」

玉の柱を磨いていた下女達にも声をかけると、まだ幼い鼠《ねずみ》族の少女が傍に来る。

最初の頃は床に平伏したまま、身じろぎもしなかった彼女達に正直梅紅は困惑した。自分がする分にはなんとも思わなかったけれど、される側になるとどうにも居心地が悪いので、顔を合わせる度に頼み込み、彼女達と自分だけの時に限り会釈に変えてもらったのだ。

「今日は柱の掃除？　俺も手伝うよ」

「ですが」

「いいって。高いところは届かないだろ」

下女から雑巾を貸してもらい、梅紅は柱を拭《ふ》き始めた。家事は母から叩き込まれているので、一通りはできるのだ。

「女の人ばっかだと、高いところの掃除とか重い物運んだりするの大変じゃない？　俺は人間族だけど、みんなより背も高いし力仕事もできるから気軽に呼んでよ」

「そんな畏れ多い！」

故郷では家事の他にも父の手伝いをしたり、何か仕事を見つけては常に動き回っていた。だから部屋で大人しくしていろと言われても、梅紅にしてみればその方が気疲れしてしまう。

「やることなくて暇なんだ。お願い。それに勉学ばっかだと疲れちゃってさ」

「では、女官長様に見つからないように、ちょっとだけですよ」

後宮仕えの者は、貴族だけとは限らない。一般家庭から行儀見習いとして、入る者もいる。

とにかく宮殿内は広いので、雑務係は何人いても足りないのだ。

「ここってさ、あんまり人いないよね。部屋も沢山あるみたいだし、掃除とか大変なんじゃない？」

そういえば、と梅紅は疑問を口にする。

「いえ、私共は梅紅様のお住まいの担当だと聞かされて後宮に上がりました。ですので他の部屋へ入ったことがないのです。こんなことを言うのは他の方に失礼ですが……お優しい梅紅様の元で働けてよかった」

一緒に柱を磨きながら、鼠族の少女が答えてくれる。

他の若い兎族の娘達も頷いているので、彼女達はまだ下女になって日が浅いのだろう。

「ありがとう。――あとさ、気になってたんだけど。俺って、吟愁様に嫌われてるのかな？」

自分でも正妃に相応しいとは、到底思えない。召《め》し上げられるとしてもせいぜい寵姫の末席で、きっと手つかずで放置されると思っていたし、吟愁としてもまさか正妃として迎えると宵藍が言い出すなど、全くの想定外だっただろう。

女官長が自分のためを思い、あえて厳しく接していた理由は理解した。しかし吟愁の立場からすればどうだろう。

「そんなことはありませんよ」

「梅紅様が気やすくてお優しいから、戸惑っておいでなだけです」

するとそれまで黙っていた一番年上の侍女が、ぽつりと呟く。

「気位が高くて私達に辛くあたる姫君達より、梅紅様の方がずっと好きです」

「俺の他にも誰か後宮入りしてるの？　会ってみたいな」

「いえ、それは昔のことで……」

何故か言葉を濁され小首を傾げると、誰かが呼んだのか吟愁が廊下の向こうから走ってくる。

「何をしているんだ！　姫君にもしものことがあったらどうする！」

「吟愁様、申し訳ございません」

侍女や下女達が慌てて平伏する中、梅紅は毅然《きぜん》として吟愁に向き合う。

「俺が自分から手伝いたいって頼んだんだ。彼女達は悪くない。俺が気に入らないなら、俺だけ叱ればいいだろ！」

床に跪く彼女達を庇《かば》うように立つと、吟愁が深い溜息を吐く。

「そのご様子だと私は相当、嫌われたようだな」

「吟愁様が、俺を嫌っているんじゃないの？」

顔を合わせるたび説教か嫌味を聞かされていれば、どうしたって良い感情は持てない。

「嫌っている訳ではない。ただ正妃になれば、いくら後宮住まいとはいえ公務がある。なにより皇帝を支えるという大任が君に務まるのか、正直心配だったことは確かだ」

それでつい厳しいことを言ってしまうのだと、吟愁は気まずそうに目を伏せる。

「……俺、そんなに駄目そうに見える？」

「ああ。儀式に必要な礼儀作法は全くだろう？　楽器、歌、詩、舞。どれか一つでも、胸を張って披露できるものがあるか？」

断言されて、流石に梅紅も傷つく。しかし吟愁の懸念はもっともだ。

「――ただ、女官長が君のことを『気骨がある』と。彼女がそんなふうに評した姫君は初めてだ。女官長達が責任を持ってお育てするから、君はこれまで通りめげずに頑張ってくれればよい」

「出来がよくない自覚はあるから、認めてもらえるよう努力するよ。でも……勉学ばっかりだと気が滅入るから、掃除くらいは許してよ」

できれば運動もしたいところだが、呑み込んだ。今の状況で言い出せば吟愁の眉間に皺が増えるだろう。

「本来ならば正妃となる方にはそれぞれの分野の教育係を付けて、最低でも一年かけて宮中の作法を覚えていただくのだが」

「あの……俺ほんと、お稽古事が苦手なんだけど……もう少し減らせませんか？」

うっかり本音が出てしまい、梅紅は慌てて口を押さえた。また叱られるのを覚悟したが、意外にも吟愁は溜息すら吐かず眉を下げる。

「陛下は君を、自由にさせるようにとの仰せだ」

「宵藍――じゃなくて、陛下が許可してくれたの？」

そうだ、と不服そうに頷いてから吟愁が付け加える。

「しかし正妃は女官達を束ねる立場でもあるから、手本になるよう振る舞ってほしい」

「ど、努力します」

みんなの手本だなんて荷が重い。それどころか身代わり作戦が明るみに出れば、後宮から追い出されて牢獄行きの身の上だ。

――ここは我慢だ……。

反論したい気持ちをぐっと堪えたその時、吟愁の後ろに控えていた女官の一人がふと庭を見て声を上げた。

「あら、珍しい渡り鳥。それも番でいるなんて、きっと慶事の兆しですよ」

つられて視線を庭に向けると鮮やかな羽を持つ鳥が二羽、池の上に張り出した木に止まっていた。

それは梅紅の故郷でも『見れば良いことが訪れる』と言い伝えのある渡り鳥だった。警戒心が強く、人の多い場所には滅多に現れない。

「夕日鳥《ゆうひどり》！」

鳥はその名の通り夕焼けのような橙色《だいだいいろ》の羽を持ち、光が当たると黄金のように輝く。特に尾羽は『幸せを運ぶ』とされていて、子供の頃は抜けた羽根を探しに山奥に入って両親に叱られたものだ。

鳥は梅紅達の視線に気付いたのか、すぐさま飛び立ってしまう。

その際、一羽から長い尾羽がひらひらと落ちた。梅紅は咄嗟に庭へと飛び出し、着物のまま池に飛び込むと羽根が水面へ落ちる前にどうにか掴み取る。

「梅紅様っ」

悲鳴に高い声を上げたのは、吟愁だ。

すぐ侍女達も我に返り、梅紅を池から引き上げる。池と言っても膝より少し深い程度だが、羽根に気を取られ転げたので梅紅は頭からずぶ濡《ぬ》れになっていた。

「あの、この羽根が。どうしても欲しくて……ごめんなさい」

すっかり呆れた様子の吟愁は、梅紅の謝罪など聞く気がないらしく首を横に振って踵を返す。

「梅紅様のことは、お前達に任せる。私はこれ以上、心労を増やしたくない。くれぐれも、怪我だけはさせないよう気を配るように――全く、何が慶事だ。厄介ごとばかり増やして。宵藍と似合いの姫君だな」

――陛下を呼び捨て？

無意識だったのか、吟愁は自分が愚痴めいた内容を口走ったことを繕《つくろ》いもせず、廊下を歩み去る。

首を傾げる梅紅の様子を見て、侍女頭《じじょがしら》が女官に聞かれないよう小声で教えてくれる。

「吟愁様と陛下は、幼馴染みでいらっしゃるんですよ。私的な場では、お名前で呼びあう仲なんです」

「知らなかった」

「そうでしょうとも。吟愁様はせめてご自分がお手本にならねばと、梅紅様の前では気を張っておいでですから。けれどそろそろ、限界でしょうね」

楽しげに笑う侍女頭の様子から、本来吟愁は身分に拘《こだわ》らず気さくな性格なのだろうと察する。

——真面目に頑張ろう。

後宮という特殊な場所へ放り込まれた田舎育ちの自分を、彼等なりに気遣ってくれているのだ。理想に近づけるかどうかは別として、できるだけ彼等の期待に応えられるようになりたいと梅紅は思った。


その夜、寝所を訪れた宵藍へ、梅紅は挨拶もそこそこに『真面目な話がある』と切り出した。

「俺は働いてないから、立派な品々へのお返しができなくて……その、ずっと何か返したいって思ってたんだけど……」

「気にすることではない。俺がお前を飾り立てたいだけだ。それにお前に贈った品はみな、正妃が受け継ぐべきものだ、受け取ってもらわねば俺だけでなく国としても困る」

「だったら国庫に戻してください」

既に梅紅の私室は、宵藍から送られた品々が溢《あふ》れ返っている状態だ。毎日違うきらびやかな着物を着せられ、多くの宝飾品を纏う生活にはいつまでも慣れそうにない。

「仕舞い込まれていた品だ。日干しに付き合うと思って、身につけてくれると俺は嬉しい」

「宵藍がそう言うなら……」

「ああ、俺がお前のために誂《あつら》えた品は今、職人達に作らせているところだから、まだ増えるぞ」

「これ以上!?」

驚いて声を上げたところを嬉しそうに抱き上げられ、そのまま寝台へと運ばれそうになる。

しかし、梅紅は本題を思い出し慌てて宵藍の腕から抜け出ると、文机の引き出しから両手に余る大きな橙色の羽根を取り出した。

「夕日鳥の尾羽です。俺の故郷では、幸せを運ぶって言われているんです」

「これを俺に？」

「はい」

いくら珍しいとはいえ、宝石に比べれば価値などないに等しい。けれど宵藍は、高価な宝玉を与えられたかのように恭しく、両手で尾羽を受け取る。

「ありがとう、梅紅。しかしこれをどこで手に入れたのだ？　都には滅多に現れぬ鳥と聞くが」

「廊下の掃除をしていたときに、庭に番でいるって女官の方が――」

梅紅はその時のことを簡単に説明する。

「……それで、羽根を拾おうとして俺が池に、思わず飛び込んじゃって」

「なんと」

「吟愁様に怒られました」

宵藍は弾《はじ》けるように笑うと、俺もお前の雄姿をこの目にしたかったものだな、と梅紅の頬を指の背で撫でた。

「あいつは昔から真面目がすぎて、いつも怒っているのだ。気にするな」

「宵藍も怒られたの？」

「ああ。それこそ子供の頃は、吟愁の父上に叱られた。吟愁の家は代々、我らの目付役《めつけやく》を務めている。今は後宮の管理の他に、あまたの面倒事を任せているが……」

少し黙り込んだあと、宵藍が頭を下げる。

「許してやってくれ。吟愁に頼りきっていた俺が原因だ」

「怒ってないです。俺の方こそ、謝らないと。これからは真面目に、作法や楽器の勉強をするって決めたんです。それを宵藍に聞いて欲しくて」

「眉間に皺を寄せておるから、何事かと思えば……お前は本当に、愛《う》いな」

「真面目に聞けよ！」

「俺はいつでも真面目だぞ」

優しく微笑む宵藍が、梅紅の頰に唇を寄せた。

抱き寄せられた梅紅は、自分から彼の背に腕を回す。けれど勿論、續である梅紅が発情することはない。

確かめるように宵藍が首筋に顔を埋《うず》めるけれど、やはり彼の嗅覚でも発情香は感じなかったようだ。

「発情できなくて、ごめんなさい」

「謝るな。お前に謝って欲しい訳ではない」

毎晩お決まりのようになってしまったやりとりだ。悲しいような心苦しいような、複雑な気持ちが心に溜《た》まっていく。

――宵藍、優しい……。吟愁様も女官の方々も、侍女のみんなも、みんな優しい。

今はただ、彼等に対して申し訳ないと思う。

いずれは『発情を迎えていない』のではなく『発情できない』とみなに気付かれてしまう筈だ。それを知ったら、みなはどう思うだろう。期待を裏切られたと怒ってくれるならば、まだいい。

悲しまれる方が、梅紅にとってはずっと辛い。何より現状を一番良く知っている宵藍が、未だ梅紅を咎めずこうして何もしない夜を過ごしてくれることに、胸のなかがぐちゃぐちゃになる。

恐ろしい先帝に似ているところはどこにもなく、宵藍は優しい。そして寛大な心で梅紅の発情を待っている。

――何で俺、こんなふうに悲しくなってるんだろう。

兄と故郷の家族に累が及ばないように、續だと見抜かれないよう上手く立ち回ればいい。

当初はそれだけを考えて、後宮に上がったはずだった。なのに今は、宵藍を悲しませたくないという気持ちで胸がいっぱいになって張り裂けそうだ。

そもそも自分は兄の身代わりとして後宮へ来たのだから、宵藍の『運命の番』にはなれないのは決定事項だけれど。

「宵藍と、番になりたかったな……」

宵藍の胸に顔を埋めたまま、梅紅はぽつりと呟いた。

すると次の瞬間、背筋が燃えるように熱くなって梅紅は狼狽える。同時に、左手首の偽りの印も急に痛み出し、梅紅は顔を歪《ゆが》めた。

——火傷はもう治ってるはずなのに。どうして……。

なんだか奇妙な胸騒ぎがして、梅紅は宵藍の胸を押して彼から離れ、壁際に下がった。

「池の水で体が冷えて、風邪《かぜ》を引いたのかも。移すといけないから、今日は別の部屋で寝るね」

いつもの宵藍なら、きっと過剰なほどに心配しただろう。けれど返されたのは、低い唸り声を伴った言葉。

「行くな」

「宵藍、どうしたの？」

いきなり腕を掴まれ、寝台に押し付けられた。

戯《たわむ》れにしては、なにかがおかしい。逃げようとしても力では敵わないし、梅紅の体もどんどん熱くなっていく。

「発情香がする」

「待って……そんなの嘘だよ。だって俺は……」

夜着を引き裂かれ、梅紅はやっと、宵藍がしようとしていることに気付いて青ざめた。

「いやっ」

押さえつける手はびくともしない。

「お前が欲しい」

囁《ささや》く声には欲情が混じり、梅紅はびくりと体を竦ませた。身を捩って逃げようとしても、押さえつける手はびくともしない。

「梅紅」

唸るように名を呼ぶ宵藍は、今の今まで優しかった彼とは別人のようだ。灰色の瞳は雄の欲望にぎらぎらと輝き、理性が失われつつあると分かる。

「お願い宵藍。離して！」

これから自分は本能のままに凌辱《りょうじょく》されるのだと、嫌でも分かってしまう。従順な守の姫君なら喜んで身を差し出すのだろうし、自分だって、受け入れることができる体でさえあれば――。

「したいけどっ、発情してないんだから無理！」

「嘘は、よくないぞ」

耳たぶを舐《な》められ、梅紅は悲鳴を上げた。

「ひっ、ぁ」

声には明らかな甘さが含まれていて、梅紅自身も驚いてしまう。すると途端に全身から力が抜けていき、梅紅は更に狼狽えた。

「どう、して？」

「お前の体が、番を、俺を欲しているからだ」

その間にも宵藍の手は梅紅の体をくまなく辿り、乳首や性器を愛撫する。

体は酷く敏感になっていて、軽く触れられただけでも甘い痺れが全身を駆け抜ける。

——これが発情？　でも續の発情なんて聞いたことない。

困惑する梅紅を無視して、宵藍が引き裂かれて端切れのようになった夜着をはだけていく。

そして露《あらわ》になった肌に唇を落として吸い上げ、紅い印を幾つも刻んだ。

「や、んっ、宵藍……やめてっ」

梅紅は完全に混乱していた。

續として生まれた梅紅だが、守である兄が早くに初めての発情期を迎えたこともあり、幼い頃から発情に関しての心得を教えられてはいた。

初めて発情する時は微熱が続き、体調を崩したりもする。そして段々と香りを自覚し、発情の周期が安定して、兆しも分かるようになる。守を家族に持つ者なら、知っていて当然の知識だ。

しかし、教えられるだけの知識と自分の体で経験するのとでは、全く違うと思い知る。

とにかく体が熱く苦しいのに、本能は目の前の鬪を求めている。飢餓にも似た欲望に体を侵食され、腰が淫《みだ》らに揺らめいてしまう。

「……梅紅。俺の、俺だけの番……」

「っ……あんっ」

後孔に触れてきた宵藍の指が、なんの抵抗もなく梅紅の体内へと入り込む。それだけで首筋が甘く痺れ、梅紅の慎ましい性器から薄い蜜が零れた。

しかし快感に浸るよりも、己のはしたない変化に怯えて梅紅は泣き叫ぶ。

「見ないで！　すぐに洗ってくるから、放して……こんな汚いの、触ったらだめ」

ぐっしょりと濡れた内股《うちもも》をちらと見て梅紅は、混乱と恐怖のうちに知らぬ間に粗相をしてしまったのだと思った。しかし宵藍が、戸惑い震える梅紅を宥めようとこめかみに口づけて告げる。

「正しく発情している証だ。男の守は女の守と違い、こちらで闢を受け入れる。そのための蜜だ。案ずることはない」

指で内部を掻き混ぜられ、梅紅は肉襞《にくひだ》を震わせながら喘《あえ》ぐ。

「あっァ……」

しかし自分は、発情しない續のはずだ。逃げなくてはと必死に考えているのに、思考は次第に淫らな欲望に支配されていく。

——俺の体、おかしくなってる。

宵藍の手でズタズタに引き裂かれた夜着は、既に服の形を成していない。そして宵藍の夜着も、腰に纏わり付いているだけの状態だ。

自然に彼の下半身に視線が向かい、梅紅は息を呑む。

――すごい……。こんなの、むり……でも……。

闢の性器は續や守に比べて大きいのだと、話では聞いていた。確実に子を生すために、伽の際には特に逞しくなるという。

殆ど凶器とも見まがうようなそれを受け入れられるのは、絶え間なく愛液を溢れさせる守の体だけなのだ。

――欲しい……なん、で……俺、續なのに……守みたいなこと考えてる。

勃起《ぼっき》した梅紅の自身に、宵藍が自らの性器を擦《こす》り付ける。発情できない續が闢と強引に交われば、悲惨なことになってしまうはずだ。

なのに梅紅の下腹部は、ぐっしょりと濡れそぼり、はしたない疼《うず》きに支配されていた。

「梅紅、お前をもらうぞ」

どこか追い詰められたような瞳に、梅紅はぞくぞくと背筋を震わせる。闢としての本能に支配されかかっている宵藍の声は、甘い媚薬《びやく》のようだ。

恐怖で痺れたように縮こまっていた心が、これから宵藍を受け入れるのだという幸福感で満たされていく。

――俺……宵藍の、番になるんだ。

そう自覚した途端、頭の中は伽のことでいっぱいになった。発情するはずのない体を蹂《じゅう》躙《りん》される恐怖は完全に消え、愛《いと》しい番と交わる期待が梅紅の心と体を支配する。

俯《うつぶ》せにされると、梅紅は自然に腰を上げて宵藍を迎える姿勢を取った。

「お願い、宵藍……焦《じ》らさないで」

「ああ」

腰を摑み覆い被さる逞しい体に、全てを捧げる覚悟を決める。宵藍も健気《けなげ》な番の姿を前に、求められるまま勃起した性器を後孔へと押し付けた。

「俺のものだ、梅紅」

「うん……早く、噛んで」

正しく番となるには、闘が守の項を噛みながら交わり、唯一無二の印を刻まなければならない。梅紅は熱に浮かされるように甘くねだったけれど、次の瞬間、まるで剣戟《けんげき》のような金属音が閨に響いた。

「っ……」

忌々しげに呻《うめ》いたのは、宵藍だった。

——そうだ、首輪っ……！

梅紅の身を守るはずの首輪が二人を隔てている。しかし、欲望と本能に支配された体は止められない。

「つぐ、う……ッガ」

鈍い金属音が耳元で響くけれど、首輪が取り去られる気配はない。

「いや……首輪、外して……宵藍の番になりたい――ひっ」

唸り声と荒い吐息が項にかかり、宵藍が首輪に牙を突き立てて破壊しようとしているのが分かる。

しかしきらびやかな宝石で飾られた首輪は、伝説の竜族でさえ噛み壊せないという触れ込みの、頑丈なものだ。

絹のように見えた繊細な織物には、鉄以上に硬い鋼が細かく織り込まれていると牙を阻む音で知る。隙間なく付けられている装飾の宝石も身を飾る為だけではなく、獣の牙を通さない役目をしているのだ。

そうこうしている間にも、閨の訪れを待ちわびた後孔からは愛液がしとどに滴り、梅紅はなかなか与えられない焦れったさに、神経が焼き切れてしまうかと思う。

「も、無理。このままください……あ、ん……お願い……奥が熱くて、苦しいよ……」

「梅紅――」

「おく、挿《い》れてっ……宵藍と交わりたいの……」

信じられないほど甘く媚《こ》びた声を上げて、梅紅は腰を押し付けた。愛液が止め処《ど》なく溢れ、内股を流れ落ちていくのが分かる。

宵藍も限界だったのか、梅紅の腰を摑む。

「深く息を吸え」

「どうか、早く……あっ」

請われるままに宵藍が、その逞しい性器を梅紅の薄い腹へと突き入れた。

「あんっ」

ひときわ太いカリ首が入り口で引っかかり、梅紅は華奢《きゃしゃ》な肢体に無体を働かれた痛みと奥まで満たされないもどかしさに涙を流す。宵藍を迎え入れたくて自ら体を捧げようとするが、当の宵藍に押さえ込まれて上手く動けない。

「ゃ、宵藍……っぁ……あ、アっ」

今度こそ奥まで一気に宵藍の自身が届き、梅紅は嬌声《きょうせい》を上げて枕に縋《すが》り付く。彼を受け入れ繋《つな》がった部分が甘く疼き、梅紅ははしたなく鳴き乱れた。

秘所を限界まで広げられ、体内を容赦なく蹂躙される。内側から大量の愛液が溢れ、性器に擦られて濡れた音を響かせた。

「っん、おくまで……きてる……」

淫らな悦びに、全身が震える。

しかし、項を嚙まれない以上、どれだけ交わっても番にはなれない。

「この、忌々しい首輪……梅紅、お前は俺の番だ……」

交わりながらも、宵藍は首輪を嚙み壊そうとしている。

この狂乱に似た発情を治めるには、番になるしかない。番になれない二人は、文字どおり精根尽きるまで交わり続ける。

「い、く……もっと、して」

ひくつく後孔で、懸命に宵藍を締め付け快感を貪る。

微かに残っていた思考も、宵藍に突き上げられて掻き消える。残ったのは、彼に滅茶苦茶にされたいという欲望だけだ。

「ああっ、しゃおらん……すき」

怯えながらも更に脚を開き、梅紅はより深い交合を求めて腰を上げた。

背後では、唸りながら首輪の破壊を諦めた宵藍が、梅紅の肩に歯を立てている。

少しでも番の証を付けたいのだろう。

「ンッ、ぁ」

力強い手が、揺れる腰を押さえ込む。

「はやく、奥にくださ……あっぁ」

衝動に任せるように乱暴に、それでいて梅紅の反応した場所を的確に擦りあげる性器に翻弄され、何度もはしたなく喘ぎ、何度も上り詰めた。

「出してッ――」

宵藍は完全に我を失っているようだったが、梅紅の求めに応えるように最奥に射精した。

どろりと熱い奔流が、体の奥に満ちていくのが分かる。狼族の濃い精液に感じて、梅紅は甘くイき続ける。

長い射精が続く間、梅紅は何度か気を失い、そして強い快楽で意識を取り戻すことを繰り返した。

「愛している、梅紅」

甘い告白と、首輪に牙を立てる音が梅紅の心を掻き乱す。

畏怖と困惑、過ぎるほどの快楽に呑まれるような時間は、夜が更けるまで続いた。

混乱したまま初めての伽を終えた梅紅は、半ば放心した状態で寝台に横たわっていた。

突然の発情に心も体も翻弄され、指一本まともに動かない。

「……しゃお、らん……」

鳴き喘いだ喉は痛み、傍にいる彼の名を呼んだのに喉から出るのは空風のように掠《かす》れた音だ。初めて閨を受け入れたお腹が酷く苦しくて、梅紅は生理的な涙を零す。

「そのまま横になっていろ」

——平気です。

そう答えたつもりだったのに、喉から出たのはやはり情けない吐息だけ。

宵藍は浅い呼吸を繰り返す梅紅を気遣い、寝台脇に用意してあった水差しと布を手に取って、自ら汗と精液で濡れた肌を拭ってくれる。

室内に充満していた発情香はすっかり消えており、半時前まであんなに激しく交合していた閨とはとても思えない。

「――すまなかった。すぐに薬を用意させる」

「……くす、り？」

問いかけには応えず、宵藍が部屋を出て鈴を鳴らすとすぐに女官が駆けつけてくる。二言三言、何か言葉を交わしていたが梅紅には聞こえない。

そして四半時もしないうちに、兎の侍女が小さな薬瓶を手に戻ってきた。

「後宮付きの薬師に調合させた、発情を穏やかにする薬だ。侍女共には、体調の優れないお前に無理をさせたと告げてある」

体を支えられて上体を起こすと、梅紅は差し出された薬呑器《やくのみき》に唇を付ける。甘苦い薬を飲み干すと、次第に体から淫らな火照《ほて》りが抜けて思考も明瞭になってくる。

「宵藍。俺の体、どうなったの？　今のが、発情って本当？」

快楽に溺れ、淫らな振る舞いをした記憶は残っている。けれど自分も知らなかった欲望を、一切躊躇《ちゅうちょ》せず曝《さら》け出してしまった自身の行動に、梅紅は不安になっていた。

「確かに、発情だった。俺はこの血筋だから多少は耐性があると恃《たの》みにしていたが……一瞬で理性など掻き消えた。初めてにして斯様に強い香りが出たのだ。さぞかし怖かっただろう。気遣ってやれず、すまなかった」

——あれが、鬭との伽……。

はしたない嬌声を上げ、淫らな言葉で宵藍を誘った。体も心も快楽に支配され、ただひたすら宵藍との交合をねだった己を思い出して真っ赤になる。

續であるにも拘わらず発情できたのは、やはり宵藍が並外れて強い鬭だからなのか……それとも、梅紅が何か特殊な体質なのか。

いずれにせよ、これで續の自分でも強引に発情状態に持ち込めると実証された。

——怖かったけど、我慢すればいいし。それに何度か繰り返せば慣れる……かも……。ううん。慣れなきゃ駄目だ。

まだ体の奥には初めて受け入れた宵藍の感覚がぼんやりと残っていて、梅紅は無意識に下腹部を押さえる。

けれど淫らな熱がぶり返すことはなく、重怠《おもだる》いような感覚が僅かに残っているだけだ。

「……折角発情したんだから、止めるの勿体ないよ。普通は何日か続くんだよね？」

項を噛まれて番になれば多少は落ち着くが、完全に発情が治まるまで数日はかかるという。

なのにどうして、薬まで飲ませて発情を止めてしまったのか理由が分からない。

「伽を終えた直後、お前の体があえて発情を止めたように感じた。事実、お前は理性を取り戻しただろう？　中途半端な発情が続けば、体はもとより心が蝕《むしば》まれよう。そうならぬように、一度完全に止めるべきと断じた」

冷静に諭す宵藍に、梅紅は困惑する。

「でも……！」

「このように急激に発情が治まるのは、心身が酷く疲弊している証だ。かつてはそれでも伽を強いて、発情を持続させることもあったと聞くが、守の負担が甚大にすぎる」

「俺は丈夫だから平気。風邪だって引いたことないよ？」

「そういうことではないのだ。今後の伽や子ができた時の体調のみならず、下手をすると命に関わる不調に繋がる。そのような無理は、させたくない」

真剣に諭してくれる宵藍が、嘘や誤魔化しを言っているとは思えない。

「次の発情まで待つ。体が落ち着くまで、しっかり療養せよ」

梅紅の初めての発情を、宵藍は心待ちにしていたはずだ。梅紅の状態になど構わず吟愁を呼び、首輪の鍵を外せば番の交わりを続けられた。

なのに宵藍は、こうして梅紅の体調を気遣ってくれる。

「ごめ……っ」

発情香で煽《あお》られた衝動を抑えるのは、酷く辛いことに違いない。謝ろうとしたけれど、言葉は宵藍の口づけに封じられた。

「――謝るな。それに、楽しみが増えただけのこと」

「楽しみって？」

「ああ、お前は知らないのだな。俺の血筋は、闢の力が特別強いのは知っているだろう？」

頷く梅紅に宵藍が続ける。狼族、特に皇帝ともなればその闢としての力は絶大だ。それはきっと、續である梅紅をまるで守のように発情させることさえ可能なほど。

「一度目の交わりは、番との絆《きずな》を確かなものにする意味合いが強い。つまりは番となる守の体が、俺の子を宿せるよう整えるのだ」

「闢と守が交わると、すぐに子ができる――んじゃないの？」

基本的に発情状態の体は孕《はら》みやすいが、確実に子を生《な》せるわけでもない。しかし宵藍ほど強い闢ならば、一度だけでも十分だと思う。何か問題でもあるのかと、梅紅は小首を傾げた。

「広く知られるとおりには、そうだ。しかし血が強すぎて、困ることもある。歴代の皇帝は、虎族や獅子族の姫とでさえ、一度では子を生せなかった。簡単に言えば、お前の腹に俺の精を注いで馴染ませねば子が生せない。ゆえに子作りは、二度目の交わりからになる」

大きな手が梅紅の下腹部を優しく撫でる。色々と意識してしまい、梅紅は真っ赤になって自分の臍《へそ》の辺りを見つめた。

――宵藍との子ども。

「今宵の交わりは項を噛めないままの不完全な交わりだったが、梅紅との絆が強くなったのは確か――そうだろう？　次にお前を抱く時、つまり『正しき初夜』には、ここに子が宿る」

次に伽をするときは、項を噛まれて番の儀式を行いながらになる。それも子が宿ることを前提とした、深い交わりなのだという。

ここまで説明されて、もう分からないふりはできない。

「あ、あの。じゃあ次はもっと……嫌じゃないけど、その……」

首まで真っ赤になって慌てふためく梅紅を、宵藍が笑いながら抱き締める。

「愛しい我が番殿には、まだ閨の話は早かったか？」

――からかわれた？

「そんなことない！」

「ならば重畳《ちょうじょう》。番に拒絶されれば、流石の俺も落ち込む」

頭を撫でてくれる宵藍を見つめると、その瞳にはまだ欲情の陰りがあると分かる。当たり前だが、宵藍にしてみれば強制的に交合を中断せざるを得なかったのだから、梅紅の発情香が消えたとはいえ辛いことに変わりない。

梅紅を腕に抱き込んだまま、宵藍が寝台に横たわり絹の上掛けをかけてくれる。

「疲れただろう。明日は一日横になっていろ。吟愁と女官長には、俺から伝えておく」

「宵藍は？」

「俺は抜けられぬ朝議が控えているからな。このままお前に付き添っていたいが、薬師ではない俺がしてやれることもない。新帝が政を疎かにして色に耽っていると噂されるのも業腹だ。お前が次に発情したら、必ず治まるまで傍にいると約束する。だから明日の朝、閨を出ることを許せ」

許しなんて乞わなくても、彼は皇帝なのだから好きな時に後宮を出入りすればいい。なのに宵藍は、梅紅の不安を感じ取って心を乱さないよう慮ってくれる。

――俺は兄様の身代わりなのに。それに、續の俺が孕めるわけはないのに……。

この優しさは本来ならば、兄に向けられているものだ。上手く騙せているのだから喜ぶべきなのに、どうしてか胸が酷く痛くなる。

――まただ。

発情を起こす直前も、似たような痛みを感じたと梅紅は思い出す。しかし今は薬を飲んだせいか、体は全く火照らない。

心も体も疲れ果てた梅紅は、すぐに寝息を立て始めた。

初めて伽をした次の夜から、宵藍が梅紅と同じ寝所で寝ることはなくなった。

梅紅が眠るまで寝台の傍にいるが、布団には入らず離れた私室に戻ってしまう。怖がらせないよう配慮してくれているのだと分かっていても共寝の途轍《とてつ》もない充足感を知ってしまった梅紅は、目覚めたときに一人でいるのが酷く心細く寂しかった。

どうやら宵藍は、伽の最中から梅紅が泣き止まなかったのは己に原因があると責任を感じているらしい。

「『本能のままに貪っただけでなく、外せない首輪に苛立ち乱暴にしてしまった』と、顔には出さないが、陛下はたいそう落ち込んでおられる」

後日、吟愁からそう教えられていた。

初めのうちこそ、伽そのものと己の体の変化に恐怖して震えていた。しかし、泣いてしまったのは感じすぎたせいだと説明したかったけれど、恥ずかしくて言い出せず微妙なすれ違い状態が続いている。

政務が長引いた今夜は、執務を行う部屋にそのまま泊まるのだと女官が知らせてきたので、梅紅は一人で窓辺に座り薬湯を飲んでいた。

皇帝が政を行う本殿を、後宮から見ることは叶わない。そもそも後宮自体が高い塀で囲まれ、常緑樹に目隠しをされた造りなので、外部の音も聞こえないのだ。

兎族など、耳の良い獣族ならば微かな話し声を聞き取れるのかもしれない。

でも自分は、身体的には優れた部分を持たない人間族だ。

せめて本殿に近い部屋にいさせてほしいと言っても、きっとあしらわれて終わるだろう。仮の番としても、新帝の正妃らしく扱われる身分でないことも十分承知している。

薬湯を飲み干して、梅紅は机に突っ伏す。黒檀《こくたん》の地に螺鈿《らでん》で細やかな花が描かれた見事な家具だ。

座っている椅子も、ふかふかの座面と背もたれが心地よい。けれどどれだけ豪華な品々に囲まれていても、宵藍のいない部屋はなんだか寂しくて気持ちが塞ぐ。

「俺、どうしちゃったんだろう？」

これまでどんな嫌なことがあっても一晩眠ればけろりと忘れて、翌日には元気よく走り回っていた。妹には『梅紅兄様にかかれば、悩みごとの方から逃げていく』なんて笑われてばかりだったし、兄からは『一緒にいるだけで、元気が出る』とよく言われたものだ。

なのに後宮へ上がってから、梅紅には悩みごとが付きまとって消えてくれない。

どうにか気分を切り替えようとしても、なんだか落ち着かなくて、らしくなく自分を責めるような心持ちになってしまう。

経緯はどうあれ、発情できて、皇帝と伽を果たせたのは良いことの筈なのに、どうしてか気持ちが沈む。

――だって、次の発情が確実に来るとは限らない。

自分は生まれつきの續、そのはずだ。左手首に自ら付けた火傷の痕を見つめて、梅紅は首を傾げる。

いくら闢といっても、續を発情させたなんて話は聞いたこともなかった。

――宵藍はこの国の誰よりも強い闢だし、何かいろいろな偶然が奇跡的に重なって、発情できたのかもしれない……けれど、そんな奇跡が二度と起こらなかったら、どうなるんだ？

これから後宮には数多くの寵姫が入るのだから、このまま二度と発情しなければ梅紅は正妃から降ろされ、別の者が選ばれてもおかしくない。

この首輪のせいで宵藍と正式に番えていないのだ。たくさんの寵姫の一人とされればまだいい、續と気付かれないまま『発情しにくい面倒な体質の守』と断じられ、別の闢に下げ渡される……なんてことだってあるかもしれない。

――宵藍以外の相手なんて絶対に嫌だ。でも……。

胸が痛むと同時に、また新たな不安が梅紅を悩ませる。

すべてが白日の下に晒されて梅紅が後宮から追い出されれば、当然、本来の番候補である雪蘭が呼ばれることになるだろう。

兄は婚約者の李影と既に番の儀式を済ませている筈だけど、ほかならぬ皇帝の命令に逆らったらどうなるのか。なにか特別な『闢』の力で、強引に番を無効にされてしまうかもしれない。

どうあっても兄が後宮に呼ばれることだけは避けなくては――そうでなければ、心を決めてここへやってきた甲斐《かい》がない。梅紅は気持ちを奮い立たせた。

「悩んだって仕方ない。せめて、振る舞いのせいで後宮から追い出されたりしないようにしなくちゃ」

代々の皇帝は各地から見目麗しい守の姫君を集め、後宮に住まわせていた。全員が平等に番として扱われはしなかったが、芸事に秀でた姫は宴の席で愛《め》でられたと聞く。

それだ！　と思いついた梅紅は、早速戸棚から笛を出して吹いてみた。しかし女官達が奏でるような美しい音色ではなく、すかすかと気の抜けた音しか鳴らない。

楽器が駄目なら詩はどうかと考え本棚から分厚い本を手に取っても、少し捲《めく》って閉じてしまう。本は好きだが故郷で読んでいたのは物語が殆どで、礼儀作法や歌、詩は少しも興味を持てなかった。

「思いつきで始めても、いきなりできるようにはならないよな」

発情もできず、本来選ばれた存在でもない梅紅が後宮に残るには、相当な努力をしなくてはならない。

何より、宵藍に失望されたくなかった。

——正妃になれなくていい。せめて、宵藍に喜んでもらえるようになりたい。

一番良いのは、確実に発情できる体になることだ。梅紅はあの一度きりの夜を思い出しながら、下腹を擦る。

なんとなく下腹部が疼いた気がしたけれど、当然発情には至らない。後孔も濡れたような違和感はなく、我に返った梅紅は自分が酷く恥ずかしい行いをしたと気付き、真っ赤になって寝台に飛び込む。

——もう寝よう。

「おやすみなさい。みんなももう休んで」

隣室に控えている侍女達に声をかけ、絹の上掛けを頭から被り、梅紅は目蓋を閉じる。少ししてから夜着の裾《すそ》をはだけて股を触ってみたけれど、やっぱり濡れてなどいなかった。

羞恥と情けない気持ちで胸が一杯になった梅紅は、声を殺して泣いた。

やっと体調が戻った梅紅に、部屋の外へ出る許可が下りた。

早速梅紅は侍女に頼んで、とある場所に案内してもらう。

そこは後宮の外れ。正殿に続く門にほど近い場所に建つ、小さな屋敷の前に立ち梅紅は扉を叩く。

「あの、薬師様はいますか？」

「はーい」

豪華な宮殿とは違い、一般的な商家の造りに近い家の中から羊族の少年が顔を出す。と、すぐに梅紅の装束から相手が誰であるか察したようで、慌てて地べたにひれ伏した。

「お妃様！　こんな恰好で申し訳ありません。すぐに着替えて参ります」

「仕事してるところへ邪魔しちゃったんだから、そのままでかまわないよ。君が鈴花《リンファ》だよね？　首に付ける薬を作ってくれたって教えてもらったから。ずっとお礼を言いたかったんだ。ありがとう」

仕事着の作務衣《さむえ》姿の少年の手を取り立たせると、梅紅は怯えて俯く鈴花に優しく声をかける。

「顔を上げてよ。あと、俺のことは梅紅でいいから。侍女や下女のみんなも、名前で呼んでるよ。儀式の時だけきちんとすれば問題ないって、宵藍も言っていたし」

「梅紅様は、お優しいのですね」

ふわふわとした明るい茶色の巻き毛とまだ小さな角が可愛《かわい》らしい少年は、梅紅の言葉にふわりと笑う。

「どうぞ、お入りください。お茶をご用意いたします。お付きの方々もどうぞ」

「えっと、薬のことで相談があるから、みんなは東屋《あずまや》で待っててくれるかな？」

「分かりました。私共のことは気にせず、お過ごしください」

付き添いの侍女達は、鈴花から茶器を受け取ると少し離れた東屋に向かう。彼女達を見送ってから、梅紅は鈴花の家に入った。

室内は沢山の薬草や硝子瓶《ガラスびん》が所狭しと置かれ、茶葉の入った木箱が壁一面に積まれている。

「鈴花は羊族だよね。歳は……」

「今年で十七になります」

羊族は獣族の中でも鼠族に次いで、歳を取っても幼く見られる。現に容姿だけ見れば、まだ十歳かそこらにしか思えない。

「俺の一個下なんだ。後宮の薬師を任されてるなんて、すごいね」

「恐れ入ります。正式に入ったのは、十五の時です。いきなりお役人様が店に来たので、両親が驚いちゃって大変でした――」

「十五歳で、お店に出てたの？　頭いいんだね」

「そんなことありません。うちはいつも人手が足りなくて、きょうだいはみんな学校に上がる前から店の手伝いを任されるんです。薬の知識は先祖が残してくれた本を読んだり、親の仕事を真似たりで何とかやっていただけで」

香りの良い花茶を用意しながら、鈴花が笑顔で答える。気負いや自慢はなく、見た目通りおっとりして素直な性格なのだと少し会話をしただけでも分かった。

鈴花は城下に住む薬師の家に生まれた。町の人々が使う薬だけでなく、貴族の発情抑制薬も扱う大店《おおだな》だったと話す。

「幼い頃から、闢、續、守、それぞれに効く薬を調合してきた実績と、ちょっと特殊な体質が評判になって先帝の耳にも届いたそうです」

「どんな体質なの？」

「僕は守なんですが、生まれつき発情香を全く感じないんです。両親は嘆きましたが、僕はそのおかげで香りではなくて症状で判断する重要性に気が付いて……ってごめんなさい。僕のことばかりお喋りして」

「ううん。続きが聞きたいから、もっと話してよ」

初めての伽を終えて疲弊した梅紅に、発情抑制薬を調合したのは鈴花だと侍女から聞き出していた。だから梅紅は、これからのことも含めて彼に相談しなければと、宵藍には内緒で訪れたのである。

「高位の姫君達は、強い守の力を持つ方も多いです。他の方の発情にあてられて、急な発情に苦しむ姫君の傍で看病を続けてもつられて反応しない僕は、とても重宝されました」

宵藍のように強い闢の力が、強制的に守の発情を引き起こせるのと同じで、守の中にも周囲に何かしらの影響を及ぼす血族もいる。本人の発情も激しく辛いと聞くが、それだけでなく近づいた守までも疑似的な発情に巻き込むこともあるのだ。

しかし守の病状を診るにあたって発情香を感じ取れないなんて、薬師としては致命的な欠点だ。

けれど鈴花は守の発情香に頼らず症状から診断する方法を見出《みいだ》し、己の欠点を有利なものに変えた。これを応用し、発情関連だけでなく病気の治療もできる鈴花は、非常に有能な薬師なのだ。

「じゃあどうして、こんな端っこに住んでるの？　寂しくない？」

「先帝からは、腕を見込んではいただけましたが……市井の薬師ごときが、姫君達の傍近くで暮らすのはよろしくないとお考えだったようで」

「そんなの酷いよ。お世話になってるのに。そうだ、今からでも俺の部屋の近くに引っ越さない？　宵藍なら許してくれるよ」

先帝は随分と身分にこだわりがあったようだが、宵藍は気にしないだろう。何より有能な薬師が傍にいることに反対するとは思えない。

けれど鈴花は、静かに首を横に振る。

「ありがとうございます。ですが僕はこの家が今は気に入っているんです。静かだし、周りに薬草を植えたら土が良かったみたいで、町の問屋に発注しなくても殆ど揃うんですよ。この花茶も、庭で育てた植物から作ったものです」

「鈴花はすごいね……！」

幼くして両親と引き離されただけでも心細かっただろうに、自立して生活し後宮内で確固たる地位を築いている。

「僕はすごくなんてありません。梅紅様は大役を任されても堂々としていらっしゃるって、侍女様達から聞きましたよ。僕からしたら、皇帝のお妃様なんて絶対に無理です」

嫌味でも何でもなく、鈴花は心からの尊敬を梅紅に向けてくるが、梅紅自身は何故そんなふうに言われるのかが分からない。

「……皇帝のお妃って、そんなに大変なの？」

「だって天狼国の将来を背負っていらっしゃるんですよ。でも気負った所もないし、お優しいし。身分の低い者にも優しくしてくださるってみんな喜んでます。実はこうしてお目にかかるまでは半信半疑でしたけど。梅紅様が新帝に相応しい、心優しい方で安心しました」

後宮に来てから厳しいことばかり言われてきた梅紅にとって、鈴花の言葉は何とも気恥ずかしく感じる。

「田舎育ちだから、後宮のしきたりがよく分かってないだけだよ。女官長には、礼儀がなってないって今でも怒られてるし。でも、鈴花が気楽に話せるならよかった」

恐らく鈴花も、後宮内では浮いた存在だったのだろう。薬師という立場上、頼られはするが気楽にお喋りのできる友人は少ないようだ。

それに一度後宮に入ってしまうと、吟愁のように兼務をしている役人でない限り外へは出られない。

「それで、僕を訪ねていらしたというのは、何かお困りごとでしょうか？　お薬が口に合いませんでしたか？」

「ううん。首の爛れも大分良くなったし、この間出してもらった発情を穏やかにする薬もよく効いたよ。だから鈴花の腕を見込んで、薬を調合してもらおうと思って」

「はい！　なんなりとお申し付けください」

梅紅に頼られて余程嬉しいのか、鈴花がぱあっと笑顔になる。だがここで梅紅は、はたと気付いて言葉に詰まった。

まさか『續でも発情できるようにして欲しい』なんて馬鹿正直に言えるわけがない。

——うまく誤魔化して頼まないと。

梅紅は一旦口を噤み、鈴花の耳に顔を寄せる。

「ええと……あのさ、俺……この間の発情が実は初めてだったんだ。なのに宵藍の理性が飛ぶくらい強い香りが出て、でも一度交わったら発情が急に止まっちゃって……」

首輪のせいで、項を噛まれないまま交わりが終わったこと。そして本来ならば七日は発情が続くのに一度の交わりで発情香が収まってしまったことなどを、守だと偽っていると疑われないような言い回しで話す。

ひととおり打ち明けると、鈴花は目を見開く。

「そうだったんですか！　僕は女官様から、梅紅様が陛下の閨の気にあてられて、発情の周期が早く来てしまったとしか伺ってなくて。それで発情の乱れを治すためのお薬をご所望なのかと思いました」

「やっぱり。普通はそう思うよね」

強い鬪が傍にいると、守は子を生す本能に従い発情を起こすことがある。狼族の皇帝ともなれば、周期外れでも意図して発情させるのは容易なのだから。

けれど伽の夜以前、宵藍が傍にいても当たり前だが梅紅の体は何の反応もしなかった。

「それで本題なんだけど。確実に発情できる何かいい薬はない？　例えば……續でも発情するような強いのとか」

「流石に續を発情させる薬はありませんよ」

大真面目に否定され、梅紅は肩を落とす。

「だよね」

「ですが、発情なさりたい強いお気持ちは伝わりました。薬師として、僕にできる全てのことをさせていただきます。梅紅様は初めての発情を迎えられたばかりですので、単純に乱れが出たのではないかと考えます。念のため、いくつか質問してもよろしいでしょうか」

「かまわないよ。何でも聞いて」

「では、近しい縁者の方の、発情を迎えた年齢を教えていただけますか？」

「えっと兄様……じゃなくて親戚の兄さんは十一くらいだったかな。うちの家系は、十代前半で発情するんだ」

守が初めて発情を迎える年齢は、種族を問わず平均として十六歳から二十歳《はたち》くらいまでだ。しかし母方の家系は性別を問わず、十代前半で初発情を迎える。

「発情が早い家系なのですね。人間族や鼠族によく見られる傾向です」

うんうんと頷きながら、鈴花が真剣な面持ちで帳面に書き付けていく。先程までのおっとりした雰囲気とは違い、後宮付きの薬師としての顔になっていた。

「ご親戚の方のこともあって、気持ちが落ち着かないのも分かります。ですが、十八歳で発情期を迎えていない守は少なくありませんよ。親戚の方達と違うとはいえ、梅紅様は正常です。血筋は関係ありません」

「じゃあさ、強い薬を飲めば発情することも可能だよね」

原因はどうあれ、續であるはずの自分は確かに発情した。そして鈴花は、発情の時期と血筋が関係ないとも断言している。

一縷《いちる》の望みを得た梅紅は、鈴花の手を取る。けれど返されたのは、期待したものと少し違っていた。

「暫くは様子を見ましょう。一度発情を経験すれば、必ず次も来ますし。ただ乱れは数年続く可能性はありますね」

「その次をできるだけ早く、確実にしたいんだ。頼む鈴花。いきなり押しかけて、こんな頼みごととして迷惑だって分かってる。でも鈴花だけが頼りなんだ」

縋るように深く頭を下げると、鈴花が困ったように眉尻《まゆじり》を下げる。鈴花からすれば、よくある発情周期の乱れでしかない。まさか正妃候補として扱われている梅紅が実は續だなんて思ってもいないのだから、困惑するのも当然だ。

「そんな……頭を上げてください。僕は後宮の方々を支えるのが仕事なんです……姫君から頼られて、嫌なわけありません。こんな僕でもお役に立てるなら、何でもします」

心優しい羊族の少年は、梅紅の手を握り返す。

「全く発情していない守に兆しを催させる薬はありますが、一度迎えている体に続けて発情させる薬は負担が大きくて梅紅様には勧められません。体に合わないと、熱が出てしまう程なんです」

「その、催させる薬を出してもらえないかな？　俺、基本的に体は強いし。ちょっとやそっとじゃ副作用なんて出ないと思う。だからお願い」

諦める様子のない梅紅に、根負けしたのか鈴花が席を立つ。

「――少々お待ちください。調合してきます」

「ありがとう」

「ですが、とーっても苦いですよ。覚悟してくださいね」

そうすごんでみせるけど、少女のような鈴花に詰め寄られてもさして怖くない。

口にしていいものならば飲み込めないことはないだろうと気楽に構えていた梅紅だけれど、

少しして鈴花が運んできた墨汁のようなお茶を見て顔を歪めた。

「これ、本当に薬？」

「良薬は口に苦しです。本来は薄めますが、それでも苦い薬です」

杯を手渡され、後に引けなくなった梅紅は息を止めて一気に飲み干す。けれど次の瞬間、胃からなんとも言えない違和感がせり上がり、必死に口元を押さえる。

「吐きますか？」

「う……やだ。我慢する……ぅっ」

「白湯《さゆ》です。飲めば少しは、味が紛れます」

こうなることを予想していたのか、鈴花が差し出した器を手に取り、言われるまま白湯を数杯飲んで何とか最悪の事態は回避した。

「これを毎食後に三杯。最低でも十日は飲んでいただきますが、できますか？」

口直しの砂糖菓子を勧められ、口いっぱいに頰張りながら梅紅は涙目で首を横に振る。

「ごめんなさい鈴花。苦くて飲めません……俺が浅はかでした」

「ですよね。これは気丈と有名な虎族の姫でさえ、三日で音《ね》を上げた薬です。人間族の梅紅様は吐き出さなかっただけすごいですよ」

項垂れる梅紅の背を、鈴花が勇気づけるように擦《さす》る。

「次の発情は、必ず来ます。ですから焦らず、気持ちを落ち着けて過ごすことが大切ですよ」

生まれついての守ならば、鈴花の言葉に強く励まされたことだろう。だが梅紅は、自然な発情を望めない續なのだ。

奇跡的に発情したこの機会を逃したら、二度と発情しないのではないか。けれどそんな危惧を正直に告げるわけにもいかず、梅紅は力なく微笑む。

「ありがとう。ねえ鈴花、また来てもいい？　よかったら梅紅も、俺の部屋へ遊びに来てよ」

「勿論です」

穏やかな鈴花と一緒にいると、宵藍と過ごす時とはまた違った安堵感《あんどかん》がある。

その日は夕餉《ゆうげ》の時刻まで、梅紅は鈴花の家に滞在した。


あれから鈴花は、梅紅へ薬を届けるという名目でよく訪れてくれるようになった。

外出して構わないと女官長から許可をもらっていたけれど、梅紅は気分が塞いでいた。

これまでのように後宮の探検もしなくなり、ここ数日は自室に籠もっている。

宵藍とも顔を合わせづらくなってしまい、あれこれと言い訳をして一緒に夕餉を済ませると早々に寝所へ入る日々だ。

当然ながら、宵藍は勿論、女官だけでなく侍女や下女達は梅紅の変化を心配している。しかし『本当は續だから、次の発情が来るのか不安で辛い』なんて言えるわけがない。

今日も薬を持って来た鈴花と雑談していた梅紅だが、何処か上の空だと見抜かれてしまう。

「熱が出たと嘘を仰ったそうですね。みなさん、心配してますよ。楽器の上手《じょうず》な女官様を呼んで、音楽会でもされますか？」

寝台に座った梅紅は、向かい合って椅子に腰掛けた鈴花から薬瓶を受け取る。

「ううん……昨夜も体を触ってみたけど、少しも濡れなくて。自己嫌悪でみんなに会いたくないだけ」

伽の作法が書かれた書物に、守の自慰を指南した項目があったので試してみたのだ。結果は、恥ずかしくなっただけで体は何の反応もしなかった。

「焦ってはいけません。時期が来れば、自然に発情します」

これまで通り侍女や下女と喋っていた方が疑われないと頭では分かっていても、何かの拍子に発情しない体だと見抜かれるのが怖いのだ。

「――でもこの薬を飲んでいる間は、発情しないんだよね？　意味なくない？」

また中途半端に発情すると周期が完全に狂うかもしれないので、不用意な発情を抑えるためにも暫くは発情抑制薬を飲むことを勧められていた。

宵藍も鈴花を信頼しているらしく、この説明には同意している。

「全くしないという訳ではありません。梅紅様の心身は不安定な状態ですので、それを落ち着ける薬です」

何度診てもらっても、やはり、遅く来た発情だから不安定になっているだけだと鈴花に診断される。というか、真実を知らない鈴花はそう診断するほかない。

「焦らなくても、一度発情が来れば三カ月後くらいにまた来ます。今は体調を整えることを優先してください」

「来ればいいけど……鈴花がこうして頑張ってくれても、応えられないかも知れない」

「弱気になってはいけません。僕の知識を総動員して、梅紅様を正常な発情ができる体になるよう尽力いたします」

優しい鈴花の言葉に、梅紅はなんともいえない心持ちになる。

――鈴花は腕の良い薬師だから、誰より先に俺が守じゃないって気付くかもしれない。そうなったら……。

恐らく鈴花は怒ったり、女官に告げ口をしたりするような性格ではない。きっと梅紅以上に悩み、何とかしようとしてくれるはずだ。

しかしそれは、鈴花も皇帝への裏切りに加担させることに繋がる。優しい鈴花を巻き込むことだけは避けたいが、どうすればいいのか梅紅には解決策が浮かばない。

「……ごめん。鈴花」

「梅紅様が謝ることなどないですよ。僕はあなた様にお仕えする薬師なのですから」

「そうだ。こんなに俺ばっかりに構ってたら、仕事にならないんじゃないの？　毎日来てくれて嬉しいけど、仕事に支障が出るようなら、無理しなくていいからさ」

「どういう意味でしょうか？」

「後宮の薬師ってことは、他の姫君達の体調管理もするんだよね？　前にもそんな話をしてた気がするんだけど」

　すると鈴花は、信じられないことを口にする。

「現在の後宮には、梅紅様以外の姫君はおられませんよ。陛下のお相手は、正妃の梅紅様、ただお一人です」

「え……でもみんな『堅苦しい姫君』とか『獰猛な姫君』とかって、話してたのに」

　以前掃除を手伝ったときに、愚痴めいた内容を口にしていたのは確かだ。鈴花は少し考えてから、合点《がてん》がいった様子で頷いてみせる。

「お話しされていたのは、先帝の頃の話ではないですか？　あの頃は、みなさま神経質になっておられましたし。今だから話せる愚痴もあるのではないでしょうか」

「あの頃？」

「……正直に申し上げますと、下女だけでなく侍女や女官でさえも、寵姫の方々から八つ当たりで叱られていました。その、僕も何度かぶたれたことがあります」

　歴代の皇帝が色好みだったのは、周知の事実だ。特に先帝は病に倒れてからも、各地に使者を送って美しい守を献上させていたと鈴花が続ける。

ただいくら皇帝でも、集められた数百を超える姫全員と伽をできるはずもない。皇帝が崩御するまで、首輪を付けたまま過ごす者も多かった。

それに運良く寵姫になれても、毎夜皇帝と過ごせるわけでもない。

正常に発情を迎えた守にとって、ひたすら我慢を強いられる後宮での生活は決して快適なものではなかったと想像できる。

皇帝の渡りがない不満を、放っておかれた姫達は側仕えの者に当たることで発散するしかなかったのだ。

侍女や下女達からしてみれば理不尽極まりないけれど、相手は貴族、逃げても咎められるのでひたすら耐えるほかない。

「じゃあ、その姫達はもういないんだね？　でも、新しい皇帝に代替わりすると、また各地から守を集めるんじゃないの？」

召し上げた皇帝が亡くなれば後宮の姫君はみな里に帰され、新しい皇帝が自分だけの後宮を築く。だからてっきり、宵藍も多くの姫君を迎えるとばかり思っていたのだが、どうも鈴花の様子はおかしい。

「お答えする前に確認をしたいのですが……梅紅様は、陛下から先帝のお話をお聞きではないのですか？　故郷で噂を聞いたことも？」

「ない。俺、先帝がどんなやつか興味もなかったんだ。噂話も『寵姫がたくさんいる』程度だし。後宮に入ってから、『色に耽る身勝手な皇帝だった』とかって話はちょっと聞いたけど……」

正直どこまで信じていいのか分からなかったと告げると、鈴花は悲しげに目を伏せる。

「その方々の仰ったとおりの方でした。僕は放っておかれた姫君達が少しでも発情の苦しみから逃れられる薬を作ったのです」

鈴花は前の皇帝の命令で、十五歳にしてその能力を見込まれて後宮に薬師として上がっている。

が、上がった直後に皇帝が病死した。以後は宵藍の改革を、薬師として手助けすることになったと説明する。

「改革って何したの？」

「先帝が亡くなったのを機に、まず番である先帝を失った寵姫達、そして、番の交わりをしないまま閉じ込められていた寵姫達、全てに相応しい番をお探しになったのです」

公にすれば、新帝に取り入るために先帝の寵姫を引き取ろうとする闘の貴族が現れるだろうことを危惧し、箝口令《かんこうれい》まで布《し》いて極秘に進められたという。

そのため新帝の改革は市井に知られることは一切なく、様々な噂が一人歩きしてしまったらしい。

中でもまことしやかに囁かれたのが、『先帝と同じ色好み』という、真実とは真逆のものだった。先帝が手を付けていない姫君が里へ帰されないことに尾ひれが付き、美姫であれば先帝の番でも構わず抱くなどと一時期は噂されていたと鈴花が続ける。

「陛下は、決してそんな非道はなさりません。そのことは梅紅様が一番良くご存じだと思います。ですが、先帝の所業を知る一部の者が悪い噂を流したのです。陛下は取り合いませんでしたが……それが却《かえ》ってよくなかったのかもしれません」

中央に近い者の誤解は殆ど解消されたが、地方では未だ宵藍の悪評を真に受けている貴族も少なくないらしい。

「僕ら薬師は姫君達のお一人お一人が終《つい》の棲家《すみか》を見つけられるまで、発情抑制薬を調合していました。一段落してから同僚の殆どは故郷に帰りましたが、僕は次のお妃様に仕えて欲しいと陛下直々に頼まれて残りました。てっきりご存じなのかと……」

「そうだったんだ……。ってことは、鈴花も寵姫じゃないんだね」

「とんでもありません！」

鈴花はとても愛らしいので、薬師も務める優秀な寵姫……ということもあり得るのかもしれないなと思っていた。

「勘違いしてごめん」

「そんな、畏れ多い。僕は薬師としての腕を見込まれて、先帝に呼ばれただけです。今の陛下とも勿論、何もありませんよ」

首を横に振る鈴花に、どうしてかほっとしてしまう。

「でも何で隠してたんだろう」

宵藍は梅紅の前では自身のことも、まして後宮や政の話すらしなかった。

皇帝らしくない男だと単純に思っていたけれど、梅紅に己の背負う暗い部分を見せたくなかったのかもしれない。

「後宮の方々からすれば、恐ろしいお話です。ですから隠したかったんだと思います。それと陛下は、古《いにしえ》からのしきたりを自分の代で終わらせるとも仰いました」

「しきたり？　聞いてもいいかな。宵藍は多分俺には、簡単には話してくれそうにないから」

「……分かりました」

意を決した様子で、鈴花が言葉を選びつつ話を続ける。

宵藍の母、先帝の正妃は繊細な女性だった。心から皇帝を愛したけれど、色に溺れる先帝は毎晩代わる代わる寵姫を呼び、遊興に耽った。

それは正妃が宵藍を身ごもった後も続いた。結局、子が生まれてからも殆ど顔を合わせることもなく、正妃は心を病んでしまった。

先帝の代から後宮に仕える者ならば、みな知っていることだと鈴花が言う。

「どうしてそんな酷いこと」

「子を生すことに重きを置いた後宮において『帝には運命の番は必要ない』――つまり無数の寵姫を迎えるべきであるというのがしきたりになっていったそうです。そのせいで、先帝のお妃様は……愛されないことに心身を病み、陛下が幼い頃に亡くなりました」

それで宵藍はそんなしきたりを廃止し、『運命の番』だけを迎える覚悟でいるのだと教えられる。

「じゃあ後宮には、ほんとに俺だけなの？」

「はい。陛下は臣下の者達を説得し、即位前より各地を回って『運命の番』を探されていたんです。そしてようやく梅紅様を見つけたその日に、先帝が崩御されました……梅紅様？」

梅紅は両手で顔を覆う。

これまで梅紅は『運命の番』といっても、強く愛し合う者達を表す言葉でしかないと思い込んでいた。おそらく守であれば、本能的に感じ取れるのだろう本当の意味も、續の梅紅にとっては理解しようもない。

――俺、大変なことをしてしまったんだ。

ずっと兄達の幸せだけを考え行動してきたが、鈴花の話を聞けば聞くほど、自分の行いが浅はかだったと認めざるを得ない。

兄には李影と添い遂げて欲しいと、心から願っている。しかし宵藍がやっと見つけた運命の相手を引き離していいのか、梅紅には分からない。

でも一つ確かなことは、必死に隠してきた真実を告げなければならないということだ。

「宵藍に、話さないといけないことがある」

「落ち着いてください、梅紅様。まだ夕刻です、陛下は後宮へお渡りになれません」

「けど、宵藍に謝らないと。俺、取り返しのつかないことしちゃった……」

ただならぬ梅紅の様子に、鈴花も何かを察したらしい。けれど侍女を呼ぶようなことはせず、梅紅の肩を抱いて落ち着かせるように背を擦ってくれる。

「陛下がお戻りになったらすぐお知らせするよう、侍女に言伝《ことづて》をしておきます。だから今は、少しお休みください」

鈴花から香りの良いお茶を飲むよう促され、梅紅は少し含んで喉を潤す。いくらか気分が解《ほぐ》れ、梅紅は鈴花の手を握る。

「俺、ほんとに酷いことを……。発情できないのに、こんなにみんなから優しくしてもらって」

「そんなことはないです。梅紅様は、立派なお妃様になれます」

「違うんだ、鈴花。俺は――」

續だと打ち明けようとする梅紅に、鈴花は首を横に振った。

「何も仰ってはいけません。何か大切な秘密ごとなのですよね？　それはまず陛下にお話しすべきことです。順番を間違えては駄目ですよ」

「鈴花……」

「僕は発情香は分からないけれど、その分ちょっとした仕草や脈の具合で色々と分かるんです。信じてください」

まるで全てを分かっているような鈴花の物言いに首を傾げるけれど、彼は柔らかく笑うばかりだった。


夕餉を終えた頃、仲の良い兎の侍女が梅紅の部屋を訪れ、宵藍が後宮に入ったと告げる。梅紅は正装に着替えることも忘れて、夜着のまま後宮にある宵藍の私室に駆けつけた。普段なら廊下を走ると、どこからか女官が現れて止めるのだけれど、今日は誰ともすれ違わない。

「――陛下っ」

部屋に入るなり、梅紅はまだ皇帝の装束を纏っている宵藍の前にひれ伏し、床に頭を付けた。

「本当のことを告白します。俺は弟の、梅紅です。雪蘭兄様の代わりに来ました。使者の方に嘘を吐いて、身代わりになったんです」

「ああ、それで?」

平伏したままなので、宵藍の表情は分からない。けれど彼の声からは、驚きや怒りといった感情は窺《うかが》えない。

「兄様には陛下以外の『運命の番』がいるんです。ですからどうか、見逃してください。国中を探せば、きっと陛下に相応しい『運命の番』はきっと見つかります。それまでは俺を、慰みにでも使ってやってください」

必死に許しを請うが、宵藍は無言だ。

「陛下を騙した大罰は俺が全て負います。死罪も、覚悟しています——」

「俺は最初から、お前が番だと分かっていたぞ」

「ですから、陛下は勘違いされているんです!」

「さきほどから陛下陛下と、仰々《ぎょうぎょう》しく呼ぶな。いい加減にしないと流石に俺も怒るぞ。梅紅」

頭を上げられないまま震えていると、宵藍に強引に抱き上げられた。

泣きそうな梅紅の目尻に、宵藍が唇を寄せて今にも溢れそうな涙を拭ってくれる。

「お前が混乱しているのは分かる。今のお前が、俺を名で呼べないということも頭では理解できるが、我慢ならん」

横抱きにされたまま、梅紅は閨へと運ばれた。

「梅紅。どうか、宵藍と呼んでくれ。そしてお前の心の内を全て話せ」

取り返しのつかない嘘を告白したのに、宵藍は怒るどころか梅紅を宥めさえしてくれる。

寝台に座った宵藍に抱き締められ、梅紅は彼の胸に顔を埋めた。

「宵藍……俺、ほんとは續なんだよ。初めての伽の時はどういうわけか奇跡的に発情したけど……だから宵藍が来てたお祭りの日は、香りなんて出てない……」

「狼族は鼻が利くと何度も言った筈だ。確かにお前の傍には強い守の匂いを放つ兄弟がいたが、俺にははっきりと『お前の』発情香が嗅ぎ取れた。運命の番であることもすぐに分かったぞ」

「本当……なの？」

自分を慰めるための優しい嘘ではないかと、梅紅は疑ってしまう。

いや、宵藍を疑いたくはないけれど、自身の体を考えれば彼の言葉を素直に受け止められない。

「祭りの日、短い時間だが民の装束で街へ出た。その時に、お前とすれ違った」

人波に呑まれて一瞬の出来事だったので顔も確認できず、名を尋ねることもできなかったのは一生の不覚だったと続ける。

「それでも従者に特徴を告げ、宴の席に呼ぶよう仕向けたのだがな……」

苦笑する宵藍に、梅紅は彼が何を言いたかったのかすぐに悟った。あの日、宴どころか祭り自体が皇帝崩御の報で中止になり、司祭や官僚は喪に服す準備に追われた。

その後、混乱の中どうにか町の戸籍を管轄する役人を捕まえ、下級役人の家族であると分かったと宵藍が続ける。

しかしすぐ都へ戻らなくてはならなかった宵藍は、町長にだけ身分を明かし、『喪が明け次第、弟の方を都へ上げよ』と伝えて帰ったのだ。

しかし命じられた町長は、兄の雪蘭に声がかかったと思い込んだ。雪蘭が評判の守で梅紅が續であるのは町では周知の事実なので、仕方がないとも言える。

「香りで弟とかって分かるの？」

「香りの系統で家族であることは分かるし、そのうえで、それぞれに香りは異なるからな。狼族ともなればどちらが年長かも嗅ぎ分けられる。しかし使いの者は『兄の方だけが守だ』と報告してきた。何かの過ちかと問い質《ただ》したが、後宮に来たお前もまた『自分が兄だ』と言い張ったであろう。流石の俺も混乱したぞ」

「えっと？　呼ばれたのは兄様だから、身代わりになるために兄様の服を借りてきたんだ。それで、宵藍が兄様の服の香りで騙されてくれてるんだって思ってて……」

初めて宵藍と共寝をした夜、梅紅は夜着の下に兄の服を着込んでいた。鼻の良い狼族である宵藍が何も咎めなかったので、てっきり上手くいってしまったのだと思っていたが。

「仲の良い兄弟だと聞いていたからな。あれはお前が、兄弟を恋しく思っているのだろうと、問わなかっただけだ。着物程度で俺の嗅覚を誤魔化せる訳がないだろう」

最初から少しも騙せていなかったのだと分かり、梅紅は呆気に取られる。

「それじゃ、ほんとに？　兄様じゃなくて、最初から俺を呼んでくれたの？」

「ああ、何度もそう言っている」

「信じられない……」

「信じろ。それが紛うかたなき真実だ」

「でも、……だめなんだ。俺は宵藍の運命の番にはなれないよ。この痣だって、わざと付けたんだ」

梅紅は着物の袖を捲り、左手首を宵藍に見せた。

「火傷？」

「火箸で付けたんだ。使者の人も、誰も気付かなかった。都からの護衛の従者達には、賄賂渡したりしたし……」

四つの花弁の印があれば、守であることを疑われたりはしない。それでも念のため、李影が色々と手を回し梅紅に疑惑の目が向けられないよう尽力してくれたのだ。

「随分と大胆なことだ」

「怒らないの？」

「お前が痛い思いをするのは我慢ならんがな。だが俺としては、他の者を傷つけた訳ではないから咎め立てはしない」

ほっとしながらも梅紅は改めて自分が兄の代わりとして、自ら身代わりを提案したのだと話す。

「――そういうことだったか。お前は本当に家族思いだな。俺には世にいう親という存在はいたが、温かい食卓を囲むこともなかった。母の笑顔など記憶はないし、父の顔をしっかり見たのは当人の葬儀の席だ」

いつもと変わらない優しい笑顔だけれど、その灰色の瞳には孤独の色が浮かんでいた。

「鈴花から聞きました。後宮のしきたりのことと、宵藍が先帝の寵姫達の将来を考えて行動してくれたことも」

「そうか」

「俺が教えて欲しいと、ねだったんです。鈴花を叱らないでください」

「怒ってなどいない。お前に話さなかったのは、ただでさえ故郷を離れ心細く思っているだろうところへ、余計な不安を与えたくなかったからだ」

「っ……宵藍の馬鹿っ」

梅紅は宵藍の頬を両手で包み、視線を合わせた。宵藍が驚いたように目を見開くが、構わずに思いをぶつける。

「そんなの、一人で抱え込むことじゃない！　そりゃ俺は頼りないかも知れないけど、宵藍がしてることが分かってれば、ちょっとくらい役に立てるかもしれないしさ。えっとほら、

故郷に『宵藍はとっても優しい皇帝です』って手紙を書いて、悪口が広まるの抑えたり、とか……」

するると宵藍はまじまじと梅紅を見つめた後、声を上げて笑い出した。

「なんで笑うんだよ！」

「お前の提案が素晴らしい内容だからだ。俺には全く、思いもつかぬことだ。許せ」

頬に添えられた梅紅の手に、宵藍が手を重ねる。そして慈しむように、梅紅を見つめる目が細められた。

「梅紅。俺はお前が愛おしくて堪らない」

「発情できない續だけど、俺も宵藍が好きだ。宵藍は皇帝だから、子供が必要なのは分かってる。だから寵姫で構わない。でも……許してくれるなら、宵藍の傍で家族として暮らしたい」

滅茶苦茶なことを言っている自覚はある。けれどこんな寂しい眼差しを見てしまったら、彼と離れるなんてできる訳がない。

「お前のような優しい気質の者が運命の番で、俺は心から嬉しく思うぞ」

「だから！　俺は續だから、発情しないし運命でも何でもないんだってば。……っ」

「どうした、梅紅」

急に火傷の痕が痛み出し、梅紅は手首を押さえる。火箸で痕を付けた時とは違う、奇妙な痛みが内側からじわじわと広がってくるのが分かった。

「薬師を――」

「大丈夫。もう平気……あれ？」

発火するような痛みは、現れたのと同じく唐突に引いた。恐る恐る左手首を見ると、信じられないものがそこにはあった。

「花の痣だ」

丁度、火傷の隙間を埋めるように、四つの花弁が浮き上がっている。守の証である痣は四つの花弁なので、こんな痣は見たことも聞いたこともない。

「これは、まるで八つの花弁だな。皇帝の妃に相応しい、美しい花だ」

「どういうこと……？」

「お前が俺を愛した証が、こうして形となって浮かび上がったのだ。ゆめゆめ俺以外の鬪に攫《さら》われることのないよう、これまで身の内に隠れておったのかもしれないな」

「じゃあ俺、守になれたの？　宵藍のお嫁さんになれる？　……あ、んっ」

言いかけて、梅紅は背筋を走り抜けた快感に身を竦める。程なく自分でも分かる程の、甘い香りが全身から漂い始めた。

「これって」

「発情香だな」

「……夕餉の後に蜂蜜入りの焼き菓子を食べたけど、その香りじゃない？」

「全く、このような状況でも菓子の話とはな。お前は本当に度胸がある」

まだ守としての自覚のない梅紅にしてみれば、発情の兆しは『妙な感覚』としか捉えられない。

だから宵藍に聞いてみたものの、彼の眼は既に獲物を前にした肉食獣へと変貌を遂げていた。

荒い呼吸と口元から覗く牙が恐ろしいほどだけれど、同時に欲情されているという実感が梅紅を高ぶらせる。

「鈴花の薬のおかげで、幾らかは香りが和らいでいるが、そう長くは理性が保《も》ちそうにない――誰か、吟愁を呼べ。そこの女官、梅紅の支度を頼む」

どうやら毎日飲んでいた発情抑制薬の効果が、まだ残っているようだ。

すぐに女官達と吟愁が駆けつけてきて、梅紅は大勢に取り囲まれるまま身支度に取りかかった。

正式な番となるため梅紅は正装に近い夜着を着せられ、普段とは別の儀式用に整えられた夫婦の寝所へと送られた。

中に入ると首輪の鍵を手に宵藍が待ち構えていて、梅紅は迷わずその胸に飛び込む。

「今から、番となる儀式に入る。項を噛み、正式な番となってから最初の交わりが、我らの初夜だ」

「はい」

肩を抱かれ、天窓の下に置かれた寝台に座り見つめ合う。夜空には満月が輝き、宵藍の立派な耳と尾は黄金色にきらめいていた。

今から自分は、発情が終わるまでの間、宵藍と昼夜を問わず交わり続けるのだ。

寝所で行われる、二人だけの『番の儀式』。急激で恐ろしいほどだった初めての時とは違い、体がゆっくりと、芯から高ぶっていくのが分かる。

恭しく額に口づけられ、梅紅は目蓋を閉じる。すると宵藍の手が項に回されて、小さな金属音が聞こえた。

首輪が外されると、途端に室内に蜜のような香りが満ちる。それは梅紅と宵藍の発情香が交ざったものだった。

「どうしたの？」

どことなく気まずそうに首輪を仕舞おうとする宵藍の手を取り、梅紅は首を傾げた。いつも泰然とした宵藍が、珍しく焦っていると分かる。

「もう我らに必要のないものだろう。気にせずともよい」

どうやら自分に見せたくないようだと気付いて、梅紅は小首を傾げる。

「首輪、汚れちゃった？　だったら俺、綺麗にしてお返ししないと」

「そうではない。お前が怯えると、思ってだな……」

観念したように溜息を吐きつつ、宵藍が首輪を梅紅の手に載せた。

『伝説の竜族でさえ噛み壊せない』と吟愁が豪語していただけあって、首輪は僅かも欠けていない。しかし金の土台には、くっきりと牙の痕が残されていた。

「狼族ってすごいんだ」

梅紅が噛んだとしたら、確実に自分の歯の方が欠けてしまう。そこへ思い至った梅紅は、慌てて宵藍の頬を包んで犬歯を確かめた。

「そうだ、牙！　大丈夫？　欠けたりしてない？」

「おいっ」

さらには口に手を入れて指先で確認までする梅紅に、宵藍は苦笑しつつも好きにさせる。

「――このようなときにも、梅紅は梅紅だな」

「だって立派な牙が欠けちゃってたら大変だし。気になったから」

宵藍はこのうえなく嬉しそうに破顔し、梅紅をじっと見つめる。

「それでこそ俺の番だ。お前はこのところ、謝ってばかりだったからな。初めに俺を殴った時のように、奔放でいるがよい」

「それって、褒めてるの？」

「勿論だ」

今度こそ首輪を枕元に置いた宵藍が、改めて梅紅を抱き寄せる。

「この程度で俺の牙が欠けるものか。それより今宵は、手加減できないぞ」

――あれ？　……？

目の前が霞《かす》むような感覚と同時に、体の芯からの熱がいっそう上がる。部屋に漂う香りも濃さを増し、下腹部が疼き出す。

「本格的に発情が始まったな。鈴花が調合した薬のおかげで、暫くは冷静でいられようが、どれだけ保つか分からん」

「あ、そっか」

「お前の項を噛んで番になれば、交わりの間も互いに会話くらいはできよう」

守の発情香は、闘の理性を掻き消してしまう。初めて伽をしたときの宵藍は、まともに会話ができなかった。項を噛んで番えない狂乱のような感覚に翻弄され、ただ快楽を貪り合うしかなかった。

「あのさ、宵藍。今日も夜着にお香焚いてる？」

「いいや。……お前は初めて会った時からそんなことを言っていたが、俺は装束に香など焚きしめたことなどない」

政に関わる儀式で香が焚かれることはあっても、装束に染み付くようなものではないと説明されるが、梅紅は納得いかない。ならばずっと感じていたこの香りは何だったのだろう。

「ずっと考えてたんだけど、やっぱり何処かで嗅いだ記憶があるんだよ。えっと、お祭りの時……？」

「そこまで思い出して、まだ分からないか？」

優しくからかうように苦笑する宵藍に、梅紅は頬を膨らませる。

「拗《す》ねるな。梅紅が感じていた香りは、運命の番同士が惹かれ合うための香りだ。獣族より嗅覚の弱い人間族でも、この香りだけは本能的に嗅ぎ分けることができる」

「――気が付かなかった」

「あの祭りの日どころかつい先頃まで、お前は己が續と信じて生きてきたからな。致し方のないことだ」

説明されて呆気に取られる梅紅だが、考えに耽るような余裕は与えられなかった。

甘くて強いお酒を飲んだみたいに蕩《とろ》け始めた体は、自分でも分かる程に濡れている。

「俺、どうなっちゃうの？」

寝台にそっと横たえられた梅紅は、夜着をはだけていく宵藍の手をぼうっと眺めていた。

下腹部の疼きは激しくなるばかりで、少しの不安と淫らな気持ちが混ざり合っている。

いくら薬で抑えられているとはいえ、守の強い発情香を間近に浴びて宵藍も苦しいはずなのに、梅紅を気遣いながら丁寧に準備を進めてくれる。

「安心しろ。これからお前の項を噛む、さすれば我らは晴れて番となり、お前を苛《さいな》む不安は消える。だが……」

食い入るように梅紅の瞳を覗き込む宵藍の顔は、雄のそれだ。欲情を隠しもしない眼差しに、梅紅は下腹部が熱を上げるのを感じる。

「初めて交わったあの夜よりも、更に激しい悦楽がその身を襲うことになる」

「俺……初めての時だって、すごく乱れて、はしたないこともたくさん言ったし、そんな……どうしよう……宵藍、嫌わないで」

「俺が梅紅を嫌うはずもない。それよりも愛しい番の発情香に酔い痴れた闘がどれだけ乱れるか、お前は身を以《もっ》て知ることになる。狼族の伽は激しく長い……お前を怯えさせてしまわないか、それだけが心配だ」

頬を撫でてくれる宵藍の手に、梅紅は顔をすり寄せる。

「俺は平気。宵藍になら、何されたっていいから……お願い、牙の痕がぜったいに消えないくらい、強く噛んで」

自ら俯せになり項にかかる髪を退ける。すぐに宵藍が覆い被さり、儀式の姿勢を取った。熱く湿った吐息が、項をくすぐる。

その感触だけで、梅紅は達しそうになった。

――俺、本当に宵藍の番になれるんだ。

畏怖と歓喜が混ざり合い、全身の肌が粟立《あわだ》つ。

「番の誓いを行う」

「あっ……」

それは永遠にも、一瞬にも感じられた。

鋭い牙が梅紅の項に突き立てられ、深い悦びが全身に広がる。そのままの状態で、硬く張り詰めた宵藍の性器が梅紅の後孔へと挿《はい》ってくる。

守になって初めて知る深い深い快楽に、梅紅は涙を零す。

腰を摑む宵藍の手に力が籠もり、梅紅は健気に応えるように脚を広げて彼の剛直を迎え入れた。

「ひ、っぃ」

初めての伽とは全く違う、快感と幸福だけが生じる交わりに梅紅は枕に顔を埋め、声にならない嬌声を上げる。

挿入の刺激だけで数回達したが、不思議と気持ちは穏やかだ。

「愛している、梅紅。――泣いているのか？」

労《いたわ》るように項を舐める宵藍に、梅紅は頷く。

「宵藍と本当に番になれたのが、嬉しくて……」

啜り泣きながら、梅紅は挿入された雄を無意識に締め付ける。

「奥まで来てるの……硬くて、すき……ひゃ、んっ」

「煽るな」

笑いながら、宵藍が項に何度も甘く噛みついてくる。噛まれると頭の中が真っ白になり、多幸感に涙が溢れた。

――うんめいの、つがい……。

体も魂も、全てが愛しい相手と繋がっていくのが感じられる。宵藍も同じらしく、時折、狼のように唸りながら、梅紅の最奥を性器で蹂躙する。

「華奢な体で健気なことだ。お前はまこと愛らしい」

「あっぁ、や、んっ」

「こうして俺だけの形を覚え込ませたのち、生涯取れない匂いをお前の奥に刻む。閨房《けいぼう》の授業で教わっただろう?」

梅紅は耳まで真っ赤になりながら、こくこくと頷く。

「きもち、い……すき、宵藍……」

硬く逞しい性器が臍の上まで挿っているにも拘わらず、梅紅は快感と幸福感に酔い痴れていた。堪らなく苦しいのに、この甘い儀式が永遠に続けばいいのにとさえ思ってしまう。

「梅紅。お前が悦びの中にいるのは分かるが、まだ、この先がある」

「さ、き？」

「言葉で説くは無粋に過ぎるが……。まずはこうして、お前の体を、俺のものにする」

腰を掴まれて固定され、宵藍が激しく腰を打ち付ける。激しい抽挿に甘い悲鳴を上げる梅紅に構わず、宵藍が最奥に精を放つ。

「ひ、んっ……」

射精が始まると頭の中まで痺れたようになり、甘ったるい多幸感に全身が満たされる。番となった体は貪欲に宵藍を求め、宵藍もまた梅紅の体を甘く酷く蹂躙する。

「これでお前は、俺の番だ。何があろうと俺以外の誰とも交わることはできぬ」

「っ……うん。俺も、宵藍としか、したくない。宵藍がいい……っあ」

獣族特有の濃く重たい精が、最奥に浸透していくのが分かる。

「ぁひ、ぃ……っく」

項を噛まれながらの交わりに身を委ねていた梅紅だが、射精が一段落すると、どうしてか宵藍は性器を抜いてしまう。あれだけ精を放っても、宵藍の雄は硬く反り返ったままだ。

「宵藍……しゃおらん？」

「お前の顔が見たい」

「ひゃ、あんっ」

仰向《あおむ》けに転がされた梅紅は、何が起こったのか認識する間もなく再び宵藍を受け入れていた。

宵藍の精と梅紅の愛液でぐっしょりと濡れた後孔は、張り詰めた性器を根元まで受け止め嬉しそうに食い締める。

「やっ、顔……みちゃ、だめっ」

絶え間なく達し続けて蕩け切った顔を隠そうとするけれど、宵藍は腕を掴んで寝台に押し付ける。そのままゆっくりと抽挿を繰り返すから、梅紅は甘イキを繰り返すことになる。

「や、あっ。待って、とめて。おかしくなるからっ」

「お前を、みなに見せたくないな」

情けない懇願に呆れたのか、宵藍が動きを止めて涙に濡れた頬に口づけてくれる。

「……やっぱり……そうだよね」

そうだ、人間族が皇帝の正妃になるなど、前代未聞の事態なのだ。せめて兄様みたいに可《か》憐《れん》で優秀だったなら宵藍だって堂々とお披露目できるのにと、堪らなく泣きそうになる。

自分が責められるなら我慢もできるが、宵藍を悪く言われるような事態だけは避けなくてはならない。

「俺、どうしたら……」

「たとえ臣下への披露目とて、可愛らしい梅紅をみなの前に出したくない。俺の我《わ》が儘《まま》だが」

「へ？」

思ってもみなかった告白に、梅紅は真っ赤になる。

「俺、可愛くなんてないし、気にしすぎだよ」

「お前は自覚が足りない。日に日に美しくなっているのに。それに俺の番となった今は……愛らしさに加えて、色香も増した」

「そんなこと、な……」

反論を口づけで封じられ、抽挿が再開された。宵藍を番と認識した梅紅の体は彼の与える刺激に従順で、どこまでも素直に快感を受け入れる。

「あ、ぅ」

弱い奥を執拗《しつよう》に小突かれ捏《こ》ね回されて、淫らな悲鳴を上げた。

「あんっぁ……だめ、本当に……だめなのっ。ずっと、いってて……」

「こんなにも細い腰で俺を受け入れるばかりか、深く感じることができるとは、梅紅は身も心も俺の番だな」

「いやっ……あん……意地悪、しないで」

腰を摑んでいた宵藍の手が下腹部を優しく撫でる。梅紅自身の蜜で濡れた肌を愛撫され、頬が熱くなる。

「根元まで入っているのが分かるか？　梅紅の奥が、俺を欲して食い締める」

「う、ん……」

既に梅紅の自身は萎えていて、後孔の刺激だけで達し続けている状態だ。更に宵藍の言葉で、体の変化を自覚させられる。

腹を軽く押され長大な雄を意識しながら締め付けると、宵藍が犬歯を見せて薄く笑う。

「項を噛んでの交わりは、番として準備を整えるためのものでもある」

獣の瞳で宵藍が続ける。

「番となったお前の腹に、子種を満たせばどうなるか。意味は分かるな?」

ぞくぞくと、背筋が震えた。

それは畏怖ではなく、このうえなく甘い期待だ。

「子作り、だよね」

「そうだ。運命の番との子作りは、互いに最上の悦びを得られると聞く。俺は愛しい梅紅を、深い悦びの中で孕ませることを誇りに思う」

「宵藍……」

天狼国の皇帝である宵藍が、恭しく口づけてくれる。

触れるだけの口づけを交わしてから、宵藍の雄が入り口近くまで引き抜かれた。そのまま浅い所を擦られて、感じ入った梅紅の発情香がぶわりと濃くなる。

「だめ、だめっ」

絶頂には届かない浅い快感は、消えかけていた羞恥を呼び起こした。切ないほどの物足りなさと、もっととねだってしまいそうな感情が交互に押し寄せる。

「宵藍っ、たすけて……俺の体、我慢できないよ」

甘い声で訴えると、愛しい番は嬉しそうに目を細めた。

「俺のものを食い締めているな。僅か二度目の交わりで優秀なことだ」

恥ずかしくて唇を噛むと、宥めるみたいに宵藍が舌で口元を舐めてくれる。

「もっと素直に、俺を求めろ、梅紅」

「でも、でも……」

「俺は素直なお前の声が聞きたいのだ。……しかし、甘いな」

喉元に顔を埋めた宵藍が、薄い皮膚をやんわりと甘噛みする。内側からの刺激だけでもおかしくなりそうなのに、喉の辺りを刺激されるとまた違った快感が梅紅を翻弄した。

「……宵藍も、すごく甘い香りがするよ」

「番は香りでも愛情を伝え合う。俺の香りが梅紅の好みに合っていれば喜ばしいことだ」

「宵藍の香り……夜の、花畑みたい」

梅紅は宵藍の背に腕を回して縋り付き、両足も腰に絡ませる。より深く繋がったことで、硬い先端が体の深部に到達した。

「きゃ、んっ」

「梅紅の体は、俺と番う準備が整ったようだ」

「待って。俺、ちゃんと伽できてたよね？　今のが……その、子作りの交わりだったんじゃないの？」

「狼族の伽は長いと教えただろう。これから少なくとも数日は続く」

軽く腰を揺すられ、梅紅は違和感に気付く。

挿入された宵藍の自身は儀式の交わりの時と違い、繋がった部分を塞ぐように根元が膨れている。その膨らみが常に梅紅の内側を刺激していて、奥を突かれなくてもじんわりとした快感が断続的に生じるのだ。

「これって、どうなってるの？」

「お前は本当に初心《うぶ》だな。まあいい、狼族の交わりを、これから数日かけて直接体に教えよう」

淫らで恐ろしい宣言をされ、梅紅は固まってしまう。

けれど、不思議と嫌だとは思わない。

「宵藍……優しくしてね」

「勿論」

挿入されたままの性器が、梅紅の中で硬さを増す。これからどれだけ深い愛を与えられるのか怯えながらも、梅紅は愛しい番に自分から口づける。

「あっ……」

「梅紅」

耳元で名を呼ばれた途端、下腹部が激しく疼いた。

——宵藍の子種、たくさんほしい……。

本能が番の精を求めている。

頭の中が淫らな欲に支配されていく。体の内側から、『支配されたい。孕みたい』という欲求がこみ上げて、梅紅は混乱した。

「俺、やらしいよ……だめなの。宵藍と気持ち良くなることしか、考えられなくなってる。なんで、怖いよ……宵藍っ」

「それがお前の、守としての本能だ」

「でも！」

初めての伽の時とは逆に、宵藍の方が理性を保っている。欲に任せ、本能のままに求める姿を愛しい人に見られたくなくて、梅紅は泣きじゃくった。

「だめ、こんな俺……宵藍、見ないで……いやらしい、ことしか、考えられなくなってるの……もっと、おかしくなる前に、はなれて」

「発情し、孕む準備の整った番を前にして離れるなどできるはずもない。それに恥じらうことはない。俺は思うさま乱れる梅紅が見たい。番の願いを、聞いてはくれないのか？」

「ぜったい、嫌いにならないって、約束してくれる？」

僅かに残った理性で、梅紅は言葉を紡ぐ。

「何故そのように考える？　梅紅、俺はお前が愛しくて堪らない。俺の愛を受け入れる姿を存分に見せてくれ」

艶《つや》の混じる声で請われ、梅紅の理性は崩れ去った。

「孕ませて、宵藍……あんッ……子種、ほしいよ……」

淫らな言葉で宵藍を誘い、梅紅は恥じらいながら己の心が望む言葉を口にした。

「ああ。俺の子を産んでくれ。梅紅」

舌を絡ませ合う口づけを交わしながら、ゆっくりとした動きで腰を回される。

そのまましっかりと根元まで埋め込まれ、梅紅はその瞬間を感じ取り宵藍にしがみついた。

「あ、ぁ……」

――奥に、宵藍の子種……来てる。

儀式のための吐精とは異なる感覚に、全身が戦慄《わなな》く。番の儀式は互いの絆が確かなものになる悦びが勝ったが、今は互いの愛情が純度の高い快感となって駆け巡る。

幸せで、涙が零れた。

彼が運命の番だと、言葉を交わさなくても分かる。

「すき、宵藍……大好き」

「俺も愛している、梅紅。お前が俺の、運命の番だ」

「運命の、番……宵藍……」

発情した体はまだ物足りないというように、中の宵藍を締め付けて離そうとしない。

「んっ、ぁ……すき、宵藍……きもち、い……ッ」

中で膨れた瘤《こぶ》が前立腺《ぜんりつせん》をごりごりと刺激し、奥には絶え間なく精が注がれる。感じ入ってぷくりと腫れた乳首を甘嚙みされ、梅紅は淫らに鳴き喘ぐ。

「……っあ、ぜんぶ感じるの。宵藍っ……しゃおらん……もっと、愛して」

逞しい背に爪を立て、梅紅は宵藍を求め続けた。

「まるで子猫のようだな」

「あ、ずっと……きもちいい、の……っん」

雄の獣欲を湛《たた》えた灰色の瞳が眇《すが》められ、楽しげに口角を上げた唇の端から犬歯が覗いた。まだ僅かながら彼は理性を保っていると、朦朧《もうろう》とする意識の中で梅紅は気付く。

――やだ……宵藍も、早く溺れて……。もっと、貪って……。

守に変異した本能が、梅紅をより淫らに作り替えてしまう。

深い快楽に呑み込まれた梅紅は、涙の膜が張った瞳で宵藍を見つめ囁いた。

「……狼族の伽、俺の体に深く刻んで」

「心得た」

初めて抱き合った夜と同じように、宵藍が唸った。鬪としての本能と狼族の本性を現した宵藍を感じて、全身がいやらしい期待に震える。

「きて、俺の運命の番――しゃお、らん……」

名前を呼び終える前に口づけられ、梅紅はうっとりと目蓋を閉じた。

幕間　―溺愛―

梅紅《メイホン》が無事に発情期を終え、十日が過ぎた。

これまで續《ショク》として生きてきた梅紅は、交わりを滞りなく済ませたとはいえ自身の変化に戸惑っているようで、時折不安げな表情を見せる。

けれどそれは守《シュ》になった己を嫌悪しているのではなく、単純に心身の変わりようが不思議なだけだとその言動から窺《うかが》えた。

「……宵藍《シャオラン》、噛《か》み痕《あと》が消えてないか確認して」

朝目覚めると、まず挨拶よりも先に梅紅は宵藍に項《うなじ》を晒《さら》す。何かの拍子に續に戻ってしまわないか不安な気持ちがあるせいだ。

「大丈夫だ。俺の牙の痕が、しっかりと刻みつけられている」

「よかった……ひゃん」

舌で噛み痕を舐《な》めてやれば、梅紅が甲高い声を上げて肩を竦《すく》めた。

「っ……宵藍の馬鹿！　急に舐めると、くすぐったいんだぞ」

「それは悪いことをした」

「全然反省してない」

頰《ほお》を膨らませて抗議する梅紅を背後から抱きすくめると、愛らしい番《つがい》はクスクスと笑う。

——運命の番とは、こんなにも心を穏やかにしてくれる存在なのか。

華奢《きゃしゃ》な体を抱き締め、宵藍は梅紅の黒髪に顔を埋《うず》める。正しく番になってからも、日々愛《いと》しさが募っていく。

正式な初夜を終えてすぐ、宵藍は吟愁《ギンシュウ》を通して臣下達へ『寵姫《ちょうき》は取らぬ』と改めて通達を出した。以前から幾度となく告げてはいたが、これまでの慣例を覆すのは流石《さすが》に難しい。だが梅紅が續から転じた結果、守の証《あかし》である手首の痣《あざ》が浮かんだ事で状況は一変する。周囲を欺くために付けた火傷《やけど》の痕と合わさり、花弁型の痣は八つと相成った。

当然だが、家臣の殆《ほとん》どは梅紅が最初から守だと疑ってはいない。そこで吟愁と相談し、皇《こう》帝《てい》と番《つが》ったことで痣が増えるという奇跡が起きた——ということにしたのだ。

皇帝の運命の番であり、更には奇跡を身に宿した梅紅は正妃《せいひ》に相応《ふさわ》しいと、誰しもが納得せざるを得なかった。

一部の老臣は、まだ寵姫として己の縁戚を後宮入りさせることを諦めていないようだが、以前のように表立って進言してくることはない。

一つ肩の荷が下りてほっとしたものの、最近どうにも気がかりなことがある。

着替えを済ませて朝食の席に着くと、女官達が朝食を運んでくる。

狼《おおかみ》族の己は、基本的に肉類が中心の膳だ。これまでは梅紅も宵藍と同じ料理を食べていたが、交わりを終えた翌日辺りから明らかに食べる量が減っていた。

「食欲がないのか？　無理に俺と同じ物を食さなくてもよいのだぞ」

「え？　……そんなことないけど。それにこの挽《ひ》き肉の春巻き、すごく美味《おい》しいよ」

お粥《かゆ》と春巻きを食べながら、梅紅が小首を傾《かし》げる。

しかし取り皿に載っている量は、以前と比べて半分ほどだ。心配させまいと嘘《うそ》を吐いているふうには思えないので、本人も食事の量が減っていることに気付いていないのだろう。

問い質《ただ》せば却《かえ》って梅紅を混乱させてしまうと判断し、宵藍は気にしない振りを続ける。

ふと何か思い出したのか食事を中断し、梅紅がおずおずと切り出した。

「あのさ。昼間だけど、この部屋にいてもいいかな？」

「寝室にか？　構わないが」

「それと……」

何故《なぜ》か言いにくそうに俯《うつむ》く梅紅に、宵藍は先を促す。

「どうした、梅紅」

「敷布、取り替えたくないんだ」

夫婦の寝室は、半分が巨大な寝台で占められている。初夜を済ませてからは、梅紅の体調を考慮し共寝をするだけで交わり自体は行っていない。

なので敷布は乱れているが、酷《ひど》く汚れている訳ではなかった。

「えっとその、宵藍の香りが……」

「可愛《かわい》いことを言う。番ならば、残り香を欲して当然だ。特に守は、番の闢《ビャク》の香りを好んで側に置くものだ」

「そうなの？」

生まれついての守ならば、本能的に知っている感覚だ。しかし突然守に変異した梅紅にとっては、初めてのことばかりなのだろう。

「恥ずかしがることはない。ああ、俺の夜着も渡しておこう。侍女達は守の行動を理解しているから、気にせず話せ。きっと助言をくれる」

恐らくこの数日、梅紅は己の変化に悩んでいたのだろう。宵藍の言葉に頷《うなず》くと、元気よく朝食を頬張り始めた。


梅紅の憂いが晴れたと思ったのもつかの間。

数日が過ぎても、やはり梅紅が元気を取り戻した様子はなかった。むしろ悪化しているように感じていたが、それは宵藍の思い過ごしでないと女官長からの進言で知る事になる。

「梅紅が昼寝？」

王宮から戻った皇帝は、着替えの際に女官長からその日の出来事の報告を受けるのが慣例だ。旧来は後宮内でのいざこざなど、寵姫達の動向を知らせるのが女官長の勤めだったが、宵藍の妻は梅紅ただ一人。従って、基本的には梅紅が『木登りをして橙《だいだい》の実をもいだ』だの

『侍女と雑巾がけ競争をして転んだ』など微笑《ほほえ》ましい内容ばかりだ。

しかし今日の女官長は、珍しく真剣な表情で宵藍に訴える。

「たかが昼寝、とお思いでしょうが……その、ここ数日はお茶の時間になっても寝室に閉じこもっておられまして。お妃様《きさきさま》が桃饅頭《ももまんじゅう》を食べないなど、前代未聞。いえ、失礼いたしました」

獣族と人間族の交合は、どうしても人間族の側に負荷がかかる。それは番であっても、同じ事だ。

しかし日に日に容態が悪化しているとなれば、体調不良を疑うべきだろう。

「部屋へ行く前に、薬師《くすし》の所へ寄る。供はいらぬ。梅紅には公務が長引いているが、夕餉《ゆうげ》には戻ると伝えておけ」

「畏《かしこ》まりました」

宵藍は軽装に着替えると、真《ま》っ直《す》ぐに鈴花《リンファ》の住む屋敷へ歩いて行く。

「薬師はいるか」

「は、はい！」

「変わりないか、鈴花？　少し邪魔をするぞ」

慌てて出てきた羊族の少年が平伏しようとするのを止め、宵藍は中へと入る。亡き父が迎えた鈴花だが、先帝の囲っていた寵姫達の番探しの際は大いに尽力してもらったので、二人はある意味戦友のような間柄だった。

「何かご用ですか。梅紅様の事でしたら、直ぐにでも伺《うかが》いますが」

「それもあるが、まずお前に伝えたい事があってな。鈴花、正式に医官――侍医として仕える気はないか？」

「勿体《もったい》ないお言葉、ありがとうございます。ですが私は、医師の資格は持っておりません」

するると鈴花は一瞬戸惑い、首を横に振る。薬師の資格はあるが、医師ではない鈴花は宮廷医師の試験を受ける資格がないのだ。

「後宮から学舎へ通えるよう、手配しよう。お前が優秀であるのは、他ならぬ俺がよく知っている。医師として梅紅の傍にいてもらえれば、これほど心強いことはない」

「宵藍様……僕、たくさん勉強して梅紅様のお役に立てるよう頑張ります！」

気遣いに感動して大きな目を潤ませる鈴花に、宵藍は優しく笑う。この真面目《まじめ》な少年のおかげで、梅紅は身体的にも精神的にも随分と助けられているのだ。

「さて鈴花、相談がある。梅紅との初夜から、十日が過ぎているが……どうも梅紅の体調が優れないようでな。ここ数日は食欲が明らかに減っているし、昼間は俺の夜着を抱いて寝てばかりいるらしい」

女官から教えられた事をできるだけ細かく伝えると、鈴花はあっさりと答えを返した。

「……巣作り、ではないでしょうか？」

「それは守が発情期前に行うのではなかったか？　梅紅の発情期は過ぎている」

「はい。宵藍様の仰《おっしゃ》る通りです。ですが、梅紅様は續から変異なさった身。今になって、守としての本能が出てきているのでしょう。巣作りはその一つだと思います」

番の契りを交わしてから、鈴花と後宮仕えの女官、信頼の置ける家臣には梅紅は元は續だと明かしてある。

鈴花は薄々感づいていたようで、真実を知らされても特に驚いた様子はみせなかった。

「収まるまでは、宵藍様が傍にいて差し上げるのがなによりの特効薬になるかと。番を得たばかりの守は、特に心が敏感になってしまうものです。番の香りがついた衣服をたくさん置くだけでも大分気持ちは楽になりますが、ご本人に勝るものはございません」

ふむ、と宵藍は考え込む。

つまりは暫《しばら》くの間、梅紅は自身の内に生じた守としての本能に振り回されるということだ。

難しく考える事ではないと鈴花が続けるが、宵藍の脳裏に昏《くら》い記憶が蘇る。

それは幼き日に見た、母の姿だ。

先帝の着物を抱き締め寝台に横たわったまま泣き続けた母親は、枯れ木のように痩せ細り、程なくして息を引き取った。

あの折に確か医官は『不安が高じて、発情期でもないのに巣作りの真似事《まねごと》をしている』と診《み》ていたが。

「それと……陛下《へいか》？　どうかなさいましたか？」

黙り込んだ皇帝を怪訝《けげん》そうに見つめる鈴花に答えず、宵藍は席を立つと辞する言葉もそこそこに梅紅の元に向かった。


「梅紅！」

寝室の扉を開けると、奇妙な光景が目に飛び込んでくる。

寝台の上には宵藍の着物が積み上げられ、もぞもぞと動いていた。

――巣作りとは、このような仕儀だったか？

幼い頃、後宮には父の寵姫達が文字通り溢《あふ》れていたので、いくら女官達が配慮しても宵藍が彼女達の巣作りを見てしまうことはあった。

種族により形に差はあれど、大体は丁寧に畳まれた布地を積み上げて居心地の良いように『巣』を作る。だがこんな前衛的な形の『巣』は見たことがなかった。

寝台に近づくと小山の一部が崩れて中からひょこりと梅紅が顔を出した。

「お帰りなさい、宵藍……どうしたの」

這《は》い出てきた梅紅が寝台から降り、絶句している宵藍の手を取る。

「大丈夫か」

「宵藍こそ大丈夫？　変な顔してるけど」

「いや、その。人間族の巣作りとは、随分大胆なのだな」

「……俺が不器用なだけだよ。兄様は芍薬《しゃくやく》の花みたいに、綺麗《きれい》な巣を作ってたから……」

項垂《うなだ》れる梅紅を慌てて抱き締める。

「責めている訳ではない。梅紅の個性が出ていて、俺は好ましく思う」

それは宵藍の本心だ。実際、どれだけ形が風変わりであろうと、梅紅の作る巣が一番美しい事に変わりない。

巣の傍らに座り、梅紅を膝《ひざ》の上に抱き上げる。けれどいつものように口づけをねだるような仕草も見せず、梅紅は俯いている。

「どうした？」

「宵藍が戻る前に片付けようと思ったんだけど、散らかしっぱなしにしてごめんなさい」

「気に病むことはない。女官長からお前が寝所から出てこないと聞いて、心配したのだ。体の不調がなければ、それでいい」

「全然平気。宵藍の匂いに包まってたら、眠くなっちゃっただけ」

首を横に振る梅紅だが、やはりその表情は暗い。

梅紅が宵藍の胸に、頬をすり寄せてくる。その行動は、番として当然のものだがなにか引っかかる。

「梅紅、何か申したいことがあるのではないか？」

そう問いかけると、少し迷ってから梅紅が力なく答えた。

「……やっぱり宵藍には、分かっちゃうんだね」

「心を乱す事があるなら、俺に話せ。どんな些細《ささい》な事でも構わない。愛しいお前が悩む姿は、見たくない」

艶《つや》のある黒髪をあやすように撫《な》でながら、宵藍は梅紅の言葉を待つ。自由奔放な梅紅だが、時折変なところで己の気持ちを抑えつけてしまう。

「でもさ、俺の悩みって我《わ》が儘《まま》なだけだから」

「我が儘かどうかは、俺が決めよう」

少し強く促すと、珍しく気弱になっていたのか梅紅がぽつぽつと話し始めた。

「あのさ、宵藍は昼の間は王宮で仕事するだろ。待ってる間、なんか寂しくてさ。どうしていいのか、分からないんだ。今までこんなこと、考えなかったのに……」

昼の間、離れるのが嫌だと訴える梅紅の肩が震えている。番になってから守としての本能が強くなり、心身に変化をもたらしている証だ。

これまで経験したこともないのだから、梅紅にしてみれば強い不安と混乱が身の内で生じているに違いない。

「寂しくさせてすまない」

華奢な体を包むように抱き、宵藍は謝罪する。

「本来ならば、番は常に傍で生活をするものだ。特に初夜を終えた直後は、互いに触れ合っているべきものなのだ」

ただ自分達は皇帝とその妃である以上、ままならないとも分かってる。

旧来、後宮に上がる守は番うことで起こる変化への心構えとして、皇帝と離れている間に気持ちを落ち着ける茶や香を用意したりする。けれど梅紅は生まれながらの守ではないのでそんな変化が起こることさえ知る由がなかった。

本来発情期に行う巣作りを始めたのも、鈴花が言っていたように本能によるものだ。

「茶の香りで気持ちを落ち着ける守は多いと聞くが……」

「じゃあ、鈴花に何か作ってもらう。そうすれば収まるんだよな？」

「無理に気持ちを抑えようとしなくともよい。續から守に変異して、心身が落ち着かないのは仕方のない事だ。すべて、梅紅がしたいように行動すればよい」

といっても、根本的な解決方法は自分が傍にいることだ。しかし発情期でもないのに後宮に籠もれば、結局は先帝と同じだとの謗《そし》りを受けるのは目に見えている。

――何か少しでも、気持ちが晴れるような手立ては……。

ふと宵藍は、一つの妙案を思いつく。

「梅紅。明日の午後、王宮に来い」

「え、いいの？」

「吟愁に言って人払いをさせる。それに俺がどういう場で政《まつりごと》を行っているか、見たいと言っていただろう」

「うん、見たい！　ありがとう、宵藍」

喜ぶ梅紅に、宵藍も顔をほころばせる。

いずれは梅紅も、家臣達に披露目をして政務の一部を任せることになる。その予行練習だと説明すれば、吟愁も納得するだろう。

何より、好奇心旺盛な梅紅を満足させてやることができる。

「では夕餉と湯浴みを済ませたら、すぐに休もう。王宮は広いからな」

興奮気味の梅紅を宥《なだ》め、侍女達に夕餉の用意をするよう指示を出した。


「宵藍！　すごいな！　後宮も豪華で広いけど、王宮の広間の方がもっと広くて驚いた！」

女官に付き添われて執務室に入ってきた梅紅が、興奮気味に宵藍の元へ駆け寄る。その後ろで笑みを浮かべた女官が一礼し、静かに扉を閉めた。

「後宮へ入る前に、通らなかったのか？」

「あの時は頭から布を被《かぶ》ってて、全然周りが見えなかったんだ」

「ならばこれから、折を見て案内しよう。全てを見て回るには、一日ではとても足りぬからな」

宵藍は立ち上がると梅紅の手を取り、入ってきた側とは反対の扉から外に出る。そのままこぢんまりとした中庭を通り抜け、王宮内の奥へと進む。

「こんなに広いと、迷いそう」

「案ずるな。直ぐに慣れる」

きょろきょろと物珍しげに周囲を見回す梅紅だが、その広さに圧倒されて不安になったのか、宵藍の手をぎゅっと握る。安心させるように握り返せば、ぴたりと身を寄せてくるので益々《ますます》愛しさが募る。

「あの奥に見える屋根が、後宮へ繋《つな》がる門だ。手前にあるのは、吟愁をはじめ、歴代の皇帝に仕えてきた家臣の邸宅になる」

説明しながら暫く歩き、宵藍は庭園に作られた東屋《あずまや》へと入った。中には茶と菓子が用意されていて、梅紅が目を輝かせる。

「一休みしよう。これは最近交易を始めた外《と》つ国《くに》の菓子だ。お前が好きそうだと女官が話していたから、料理人に作らせてみたのだ」

物珍しげに見つめていた梅紅は、宵藍に促されそれを手に取ると口へと運ぶ。

「いただきます」

「……どうだ？」

「美味しい！」

饅頭に似た菓子だが、ふわふわと柔らかく餡《あん》よりも甘い蜜が挟んである。梅紅は気に入ったのか、満面の笑みを浮かべて頬張った。

「外の広場には、都を一望できる塔もある。今日は難しいが、いずれ連れて行こう」

「やったー‼」

久しぶりに見る梅紅の屈託ない笑顔に、宵藍の心も甘く満たされていく。闘もまた、番が不安であれば心が乱される。

それを『守に振り回される』などと解釈し、あえて冷たい態度を取る闘もいる。その顕著な例が、実父である先帝だという現実を宵藍は悲しく思い起こした。

――番を大切に思うことの、何が恥だ。番に気を配ることもできない者が、民に善政を施せるわけがないではないか。

こうして二人でいるだけで、幸せな心持ちになる。そんな大切な番が少しでも悩んでいるのなら、解決するべく奔走するのは当然のことだ。

温かい花茶を飲み梅紅が一息ついたのを見計らって、宵藍は本題を切り出した。

「ところで梅紅、折り入って話がある」

「なに？」

真顔の宵藍に、梅紅が背筋を正す。

「お前の兄とその番を、都へ呼ぼうと思う」

「雪蘭《シュエラン》兄様を！」

「できればお前の一族全員を呼び寄せたかったのだが、流石に難しいと吟愁にも釘を刺されてしまった。すまない」

「ううん。兄様達だけでも呼び寄せてくれるなんて……すごく嬉《うれ》しい」

本来、後宮へ入れば二度と家族とは会えなくなる。墓ですら故郷に建てることは、許されていない。

「後宮の空いている屋敷に兄の家族が住めば、寂しさも紛れるだろう」

「でもいいの？　古い家臣の方々が、怒ったりしない？」

梅紅を正妃にするに当たり、老臣から反発を受けたのは事実だ。八つ花弁の痣のおかげで梅紅の立場は揺るぎないものになったが、改革を進める宵藍への風当たりは未《いま》だに強く、梅紅の耳にも届いているのは知っている。

だが宵藍も、手をこまねいているだけではない。優秀で志の高い若者を地方からも登用した成果が出始めており、着々と内部の体制も宵藍が動きやすいように変わってきていた。

「丁度、信頼の置ける家臣が欲しいと思っていたところでな。兄の番である李影《リエイ》という男は、地方役人にしておくには勿体ない逸材だと報告が上がっている」

実際のところ、優秀な人材はいくらでも欲しい。

しかし都にばかり優秀な者を集めては、地方の治政に影響が出る。そこで、と宵藍は続ける。

「李影の引き継ぎだが、お前の父と妹に任せるつもりだ。梅紅の故郷は獣族と人間族が穏やかに共存していると聞いている。ただ上級役人に人間族が登用されにくいのは、どこも同じだ。しかし俺は能力があれば、人間族でも上級役人としての働きをする方が良いと考えている」

まずはその最初の例を作りたいのだと告げれば、梅紅は目を輝かせる。だがすぐ、その瞳に不安が浮かぶ。

「けど、大丈夫かな……」

いくら皇帝の勅命とはいえ、人間族が統治するとなれば穏やかな獣人達であっても反発は免れないだろう。その不安は宵藍も理解できるので、安心させるように梅紅の肩を抱く。

「いきなり全てを任せるのではなく、李影の親族と共に町の管理に当たれば、無下にはできまい。妹は成績優秀だと聞いているから、官吏の試験も問題なく通るだろう」

「ありがとう、宵藍」

勢いで進めるのではなく、一つ一つ段階を踏んで変化を促すのだと梅紅も理解したようだ。

「俺、政はよく分からないけど、宵藍てすごいんだな。いろんな事考えてるし、俺が『兄様と一緒に暮らせたらいいな』ってこっそり夢見てた事も叶《かな》えてくれたし……宵藍？」

純粋な眼差《まなざ》しと賞賛を注いでくる梅紅の頬に手を添え、そっと上向けて柔らかな唇《くちびる》に口づける。すると戸惑いながらも、梅紅が唇を開き舌先を迎え入れてくれる。

口づけは蜜よりも甘く、蕩《とろ》けるように心地よい。誰もいない静かな庭の東屋で、宵藍は心ゆくまで梅紅の唇を堪能した。


翌日、朝餉の前に珍しく来訪者があった。

こんな時刻に寝室を訪れる事が許されるのは、吟愁ともう一人しかいない。

「気になることがありましたので、失礼を承知でお伺いしました」

「緊急事態でしたので、私の判断で許可した次第です」

吟愁と共に現れたのは、鈴花だった。

「構わん。入れ」

「どうしたの、鈴花」

その場にいる全員は気心の知れた仲なので、宵藍と梅紅は夜着のまま二人を寝室へと招き入れた。

「梅紅様、こちらの紙を舐めていただけますか」

寝台の傍に鈴花が跪《ひざまず》き、抱えていた小箱から一枚の紙を取り出す。何の変哲もない白い紙を梅紅が受け取り、言われるままそれをぺろりと舐めた。

すると掌《てのひら》ほどの紙が、梅紅の舐めた部分だけ赤く染まる。

「これでいい？」

なにがなんだか分からないと言った様子で梅紅が宵藍に視線を向けるけれど、宵藍も鈴花の意図が分からないので首を傾げるばかりだ。

しかし鈴花は色を変じた紙を受け取り、手にした冊子で何かを確認すると、急に声を張り上げる。

「おめでとうございます。ご懐妊です！」

「え……？」

「よくやった、梅紅！　初夜で懐妊とは、素晴らしい！」

人間族と狼族の番の場合、子を生《な》すには時間がかかるのは周知の事実だ。それも續から変異した梅紅が、番となって初めての交わりで子を生すなど奇跡とも言える。

愛しい番を抱き上げるが、梅紅はよく事態を呑《の》み込めていないのかきょとんとしている。

一方で鈴花は我がことのように感激し、その隣では吟愁が、喜ばしさのあまり床に泣き崩れていた。

「巣作りだけでなく、食欲が落ちたのと睡眠時間が長くなったのも、懐妊したことで体に影響が出たんです。宵藍様からお話を伺ったときから、もしやと思っていたのです」

「あの、鈴花。なんで分かるの？」

「この紙には子が宿った時に舐めると、赤くなる成分が含まれているんです。我が一族に伝わる秘伝の品ですので、嘘はありません」

説明を受けてやっと自身が妊娠していると理解した梅紅が、頬を赤くする。

「宵藍、俺……」

「嬉しいぞ梅紅。俺とお前の子だ」

まだ膨らみの兆しもない薄い腹に、梅紅がそっと手を置いた。そして宵藍も、その手を包むように、掌を重ねる。

「必ず良き子が生まれる。早速、名を考えねばならんな」

「気が早いよ宵藍」

くすくすと笑う梅紅の頬に口づけ、髪を撫でる。愛しい番が新しい命を宿した事が、堪《たま》らなく嬉しい。

「俺はお前と出会えた時と同じくらいの喜びを感じている。ありがとう、梅紅」

皇帝らしからぬ物言いだと自分でも思ったが、口から出た言葉は、宵藍の本心だ。

こんなにも幸せな感情を教えてくれた梅紅には、どれだけの感謝を伝えても足りない。

「俺も、宵藍の子を授《さず》かれて嬉しい」

仲睦《なかむつ》まじく気持ちを伝え合う二人の邪魔をしないようにと、鈴花と吟愁がそっと寝室から出て行く。朝餉の準備が整う頃には、女官と侍女達にもこの慶福に満ちた知らせが伝わっているだろう。

騒がしくも幸福な日々は、始まったばかりだ。

第2幕 ―団欒と蜜月―

梅紅《メイホン》が後宮へ上がり宵藍《シャオラン》の妃《きさき》となってから、四年の月日が過ぎようとしていた。

晩年、後宮で色に耽《ふけ》り政《まつりごと》を疎かにした先帝の後始末も、大分落ち着いてきている。

この一年は宵藍の立案した政策で国を動かせるようになり、やっと軌道に乗り始めたところだ。

老臣の中には改革を快く思わない者も少なくないが、今のところは大人《おとな》しくしているらしい。だが反発が全くない訳ではない。

寵姫《ちょうき》を持たないと決めた宵藍の方針で、後宮には使われなくなった建物が増えた。その一部を守《シュ》の文官の宿舎としたのだが、これには未だに老臣達から苦言が呈されているらしい。けれど宵藍は彼等の言い分には耳を貸さず、粛々と官舎の改築を行っている。実はこの提案をしたのは梅紅なのだが、知っているのは宵藍に近しい家臣と守の官吏だけだ。

仕事場に近く、元々守に配慮した造りの後宮の方が、仕事にも落ち着いて取り組めるだろうと、梅紅が宵藍に頼んだのだ。

何かと不便を強いられて来た守の家臣は、この配慮を心から喜んでくれた。最初は人間族が正妃《せいひ》となることに不満を訴えていた獣族達も、誰にでも明るく気配りを持って接する梅紅に対して、好意的な感情を持つようになってきている。

しかし当の本人は、周囲の心情変化には殆《ほとん》ど気付いていない。侍女等の丹念な手入れにより短かった髪は美しく肩ほどまで伸び、これも賞賛の的だったが、故郷から出てきた当時と同じく自由奔放に振る舞っていた。

そんな梅紅だが、どうしても敵《かな》わない相手がいる。

「「かあさま」」

「天嵐《テンラン》、月虹《ユェホン》。そんなに急ぐと転ぶよ」

廊下の端から駆け寄ってきたのは、今年で三歳になる双子《ふたご》の兄弟だ。梅紅は屈《かが》んで二人を抱きとめ、その頭を撫《な》でてやる。

兄の天嵐は父である宵藍と同じ明るい茶色の髪と、梅紅と同じ黒い瞳。

弟の月虹はその逆で、母譲りの黒髪に父譲りの灰色の瞳を持つ。

二人に共通しているのは、狼《おおかみ》族の証《あかし》である耳と尾が生えていること。そして幼いながらも闢《ビャク》としての風格を具《そな》えている点だ。

けれど二人はまだ三歳。教育係が舌を巻くほど聡明でも、梅紅を前にすると年相応の甘えんぼに早変わりする。

「あのね、かあさま。おれ、きょうから、けんじゅつのけいこ、はじめたんだよ！」

「ぼくはとしょかんの、にゅうかんきょかしょうを、ギンシュウからいただきました」

口々に今日の成果を報告する子供達の瞳はきらきらと輝いており、梅紅の胸は幸せで満たされる。

續《ショク》として生まれたはずの自分が、守になれただけでなく、番《つがい》儀式の伽《とぎ》で二人も孕《はら》めるとは思ってもいなかった。

「きょうは、とうさま、はやくおかえりになるかな？」

「どうだろう。お仕事がたくさんあるみたいだし……」

即位した直後よりは落ち着いてきたとはいえ、皇帝《こうてい》の仕事は山ほどある。

有能な者であれば、平民や地方の出でも家臣として登用する方針にしたことで、政における細々とした業務は効率化されたと吟愁《ギンシュウ》は言っていた。

とはいえ、先帝が蔑《ないがし》ろにしていた各種事業の立て直しが残っているので、本来宵藍が目指す方向への軌道修正を終えるにはまだまだ時間がかかりそうだ。

「ぼく、はやくおおきくなって、とうさまのおてつだいを、したいです」

「おれとユェホンで、このくにを、もっとゆたかにするんだ」

「頼もしいなあ。でもあんまり早く大人になっちゃうのは、ちょっと寂しいかも」

すると天嵐と月虹が梅紅にしがみつき、子犬のようにキューキューと鼻を鳴らす。

「だいじょうぶだって。おれたち、かあさまから、はなれたりしないよ」

「そうだよ」

着物の裾《すそ》からはみ出した尻尾《しっぽ》が、大きく左右に揺れている。本来、狼族は尾での感情表現は殆どしない。

けれど幼い二人は感情が抑えられず、すぐ身体表現として出てしまうのだ。

我が子という贔屓目《ひいきめ》がなくとも可愛《かわい》らしい双子の兄弟は、後宮の女官達だけでなく家臣や民からも絶大な人気を得ている。

「戻ったぞ、梅紅」

「宵藍！」

愛《いと》しい番の声に、梅紅は顔を上げる。後宮への出入り口から繋《つな》がる渡り廊下には、宵藍の姿があった。

「とうさま、おかえりなさい！」

「おかえりなさい」

礼儀正しく頭を下げて挨拶をする子供達に宵藍が歩み寄り、両手で二人を抱え上げた。

「今日は土産《みやげ》がある。天嵐には翡翠《ひすい》の短剣、月虹には欲しがっていた外《と》つ国《くに》の絵巻だ」

付き従う女官が掲げ持つ箱を梅紅が受け取り、溜息《ためいき》を零《こぼ》す。

「また甘やかして……」

双子が生まれてから、宵藍はことあるごとに高価な品を惜しげもなく買い与えている。国庫に影響するような金額ではないが、欲しいと乞われると無条件に買ってしまうのだ。教育的に良くないと梅紅は何度も言っているが、宵藍が止める気配はない。

「そう怒るな。梅紅には、このところ町で評判の砂糖菓子だ」

「わぁ、ありがとう……って、俺がお菓子で誤魔化されると思うなよ」

そう言いつつ、箱から漂う甘い香りに気もそぞろになってしまうのは否めない。

誰が見ても幸せいっぱいの皇帝一家の姿に、周囲で控えている女官と侍女達は微笑《ほほえ》ましく見守っている。

これまでの皇帝は多くの寵姫を愛した分、こうした団欒《だんらん》を疎かにしていた。それゆえ先帝を知る年かさの女官の中には、涙ぐむ者さえいるほどだ。

「今日の仕事、終わったの？」

夕餉《ゆうげ》の前に、宵藍が後宮へ戻るのは久しぶりだった。この数カ月は特に激務が続いており、真夜中を過ぎることもある。

「たまにはよいであろう」

「吟愁様に怒られるよ」

口ぶりから途中で抜け出してきたと分かり、梅紅は困ったように眉《まゆ》を寄せた。仕事に追われて根を詰めすぎるのも良くないが、皇帝として政を疎かにするのもどうかと思う。

この数年、民の暮らしを重視した改革を行った結果、宵藍の評判も徐々に『民思いの優しい皇帝』として知れ渡るようになってきていた。

だから吟愁から『ここが正念場なのだから、気を抜かず真面目《まじめ》に仕事しろ！』と宵藍が叱られている姿を見かけたこともある。

正殿ではとてもそんな無礼な振る舞いはないが、後宮では容赦のない吟愁に、宵藍も梅紅も頭が上がらない。

「その吟愁が引き受けてくれたのだ。これで文句はなかろう」

どこか得意げに話す宵藍に、梅紅は溜息を吐く。

「……我《わ》が儘《まま》言ったんじゃないの？　吟愁様だって、お忙しいのに」

本来、皇帝の子供達の教育は代々吟愁の一族が務めている。だがまだ子供達が幼いので、今は女官と侍女が世話をしており、関わるのはあと数年してからだ。

現状、誰より政の内情を理解している吟愁は、急遽《きゅうきょ》正式な文官の位を与えられ政務に駆り出されているのだ。

「お前達の母上は心配性だな。安心しろ、政を疎かになどせぬ——さあ、夕餉にしよう。父様はお腹《なか》が減って倒れそうだ」

「かあさま、おれもおなかすいた！」

「ぼくも」

子供達の声に流される形で、問いかけは有耶無耶《うやむや》にされた。

——人のことは言えないけど、宵藍……どことなく子供っぽくなったような気がする。

兄弟の場合、上の子が母親に構われたくて赤ちゃん返りをすることがあるとは聞いていた。

だが、子供と一緒になってはしゃぐ宵藍の姿は、それと同じことなのだろうか。

ともあれ、今のところは何もかもが順調ではあった。

久しぶりに四人で夕餉の卓を囲み、子供達の話に耳を傾ける。

梅紅からすればごく当たり前の家族団欒だけれど、宵藍にとっては夢のように幸せな時間なのだと何度も言われた。

宵藍が幼い頃、塞ぎ込む母は臥《ふ》せる寝台で食事を取っていたと女官が教えてくれた。父の先帝は寵姫達との宴に興じ、宵藍と共に食事をするなど一度もなかった。

そもそも皇帝としての立場を考えれば、こうしたごく庶民的な食卓の方が珍しいのかもしれない。

——でも宵藍も子供達も楽しそうだし、これはこれでいいのかな。

たまには仕事をさぼるのも、目を瞑《つぶ》ろうと梅紅は考える。

いつの間にか時間は過ぎて、子供達が椅子《いす》に座ったままうつらうつらと船をこぎ始めた。

「たくさんお喋《しゃべ》りしたから、疲れたみたいだね」

「そうか、もう少し子供達の話を聞きたかったが」

「お父さんが我が儘言わないの。二人とも、寝間着に着替えようね」

二人を長椅子から下ろすと、隣室に控えていた侍女が察して夜着を二組持ってくる。侍女と手分けして着替えさせ、半分夢の中に入っている天嵐と月虹の頭をそっと撫でる。

「お部屋に戻って、おやすみなさい、しようね」

「ん……かあさま……ねよ」

「かあさまは、おやすみしないの？」

むずかる双子の手をつい取ってしまいそうになるけれど、それより先に宵藍が大人げない牽制《けんせい》をした。

「母様は父様と大事な話があるのだ。お前達は先に休みなさい――子供達を部屋へ」

「畏《かしこ》まりました」

梅紅に縋《すが》る二人をそっと引き離し、宵藍が侍女に子供部屋へ連れて行くよう促す。

なんだかんだと子供に甘い宵藍だが、自分達とは別々に寝ることは譲らなかった。

皇帝の子に限らず、狼族の男児は幼い頃から子供部屋で過ごす習わしだと教えられていた。

流石《さすが》に乳母《うば》制度は廃止したが、双子は乳離れをした頃から子供部屋が与えられている。

最初の数日は梅紅を恋しがって泣いていた双子も、すぐに両親とは別の部屋で眠る生活に慣れてしまった。

しかし学舎へ通い始めるまで両親と寝所を共にしていた梅紅は、狼族の習わしに慣れることができず、寂しくなって子供達の寝所に忍び込み一緒に寝る日もある。

「そろそろお休みしましょうね。さあ、お二人とも。ご挨拶を」

侍女に促され、双子の兄弟は目を擦《こす》りながら梅紅と宵藍にぺこりと頭を下げる。

「とうさま、かあさま。おやすみなさい」

「おやすみ……なさい……」

「お休み。天嵐、月虹」

手を取り合って部屋を出て行く二人を見送ると、梅紅はほっと息を吐く。人間族なら母の腕に抱かれて眠る年頃だ。

寂しい思いをさせてはいないかと、不安になる夜もある。

表情から梅紅の気持ちを酌《く》んだのか、宵藍が宥《なだ》めるみたいに背を撫でてくれる。

「安心しろ。狼族の子はそう弱くない。それにお前が発情期に入れば、実子とはいえ同じ部屋で眠るどころか、近づくこともできなくなる。幼いうちに独り寝に慣れさせておかねば、却《かえ》って可哀想《かわいそう》なことになる」

「分かってるけどさ……」

確かに、あんな激しい交わりを子供達に見聞きさせるのは教育上よろしくない。

ただでさえ狼族の交わりは長く、運命の番との交わりともなれば周囲を気にする余裕などなくなり、数日間はひたすら互いを貪り続けることになる。

二人を身ごもった夜のことを思い出して、梅紅は頬《ほお》を赤らめた。

「梅紅、良い香りだ」

「や……待って」

背後から抱きすくめられ、項《うなじ》に宵藍の唇《くちびる》が触れる。

双子を産んだあとも、梅紅の手首に現れた痣《あざ》が消えることはなかった。しかし生まれつい

ての守ではないせいか、発情が酷《ひど》く不安定なのである。今は鈴花の調合してくれる、発情周期を整える薬湯が手放せない。

番の宵藍に抱き締められると軽い発情状態に陥るけれど、本格的に孕めるまでには至らないのが悩みの種だ。

「嫌か？」

「ううん、そうじゃなくて……俺としては早くあの子達に、弟か妹を作ってあげたいけど。このままじゃ難しいよね」

「そう焦るな。今は体を整えることが肝要だ。それに俺としては、現状も悪くないと思っている」

「どうして？」

寵姫を取らないと公言してる以上、皇帝の子を産めるのは梅紅だけだ。国のためというのもあるが、家族の温かさを知らない宵藍ができるだけ多くの子を望んでいるのは、梅紅も分かっていた。

「お前は俺との番儀式の伽で、すぐに孕んでしまったからな」

「孕ませるって言ったの、宵藍じゃん！」

「勿論《もちろん》あれは嘘《うそ》ではないし、子供達は宝だ。しかしまさか、まことに孕むとは、嬉《うれ》しい誤算で……正直に言う。婚礼を挙げてからしばらくは、お前を独り占めしていたかったのだぞ」

拗《す》ねたようにわざとらしく口元を歪《ゆが》める宵藍のおどけた様子に、梅紅は笑ってしまう。

「宵藍、子供みたい」

「お前が傍《そば》にいてくれるなら、子供でも赤子でも構わん。叶《かな》うなら、この腕に閉じ込めて誰にも見せずにいられたらとさえ、考えることもある」

大真面目に告げる宵藍に、梅紅は胸の奥がぎゅっとなって涙が出そうになる。

恐ろしい程の独占欲だが、番から向けられるそれは守にとって至上の喜びだ。番の証である噛《か》み痕《あと》を確かめるように項を甘噛みされ、梅紅は淫《みだ》らな期待に体を震わせる。

――だいすき……宵藍……。早くちゃんとした発情期にならないかな。

續として生きていた頃は、こんな気持ちになる日が来るなんて思っていなかった。

双子を授《さず》かったあの日のように、激しく宵藍と求め合いたい。

けれど発情の熱は淡く燻《くすぶ》るばかりで、自制できないほどに激しく燃え上がったのはあの時きりだ。

「閨《ねや》へ行こう」

抱き上げられ、梅紅は奥の部屋に運ばれる。

夫婦の営みは、十日ぶりだ。

寝台に下ろされ大人しく帯を解かれていた梅紅だが、はたと宵藍に伝えなければと心に決めていたことを思い出す。

「そうだ、しゃおら……んっ」

着物の裾から入り込んだ手が、敏感な自身を優しく扱《しご》いた。途端に頭の中がぼうっと甘く霞《かす》んで、快楽に意識が集中する。

「ん？」

「えっと……なんでもない」

途中で止まった愛撫《あいぶ》がもどかしくて、誘うように腰《こし》を擦りつけてしまう。

発情期ではないが、宵藍からの愛撫を受けると、梅紅の体は彼を受け入れる準備が整ってしまうのだ。

妊娠《さいな》には至らないものの、濡《ぬ》れた後孔は宵藍の雄を受け入れるまで淫らに疼《うず》き、梅紅の心身を苛《さいな》む。

——運命の番、だからかな？

不安定な発情なので、宵藍も本能への刺激は緩いらしく理性の箍《たが》が外れることもない。

けれど硬く反り返った性器は、明らかに梅紅を欲している。

「お前をもらうぞ、梅紅」

「はい」

発情周期を整える薬湯を飲んでるため、互いに穏やかな気持ちで身を重ねる。本能に身を任せ貪り合う交わりとは異なり優しく穏やかな伽も、嫌いではなかった。

そっと唇を重ね、愛しい番の背に縋り付く。

「宵藍……」

「愛してる、梅紅」

「あん……っふ」

濡れそぼる後孔に、宵藍の雄が挿《はい》ってくる。

愛を囁《ささや》き合いながら、二人は静かな交わりに耽った。


翌朝、目覚めると既に宵藍の姿はなかった。

朝早くから朝議があるので、眠る梅紅を起こさず仕事に行ってしまったのだろう。

お見送りをしたいから必ず起こしてと何度も頼んでいるのに、宵藍がその願いを聞き入れてくれたことはない。

それは彼の優しさと分かっていても、梅紅は納得できずにいる。

「――起きて一人だと、寂しいんだぞ。宵藍のばか」

ぽつりと呟《つぶや》き、冷たくなった布団《ふとん》を枕で叩《たた》く。けれどそんな八つ当たりをしても、何が変わる訳でもない。

「そうだ。今日は兄様と約束してたんだ」

梅紅は侍女を呼んで身支度《みじたく》を整えると、朝餉に向かう。双子と親しい侍女も交えた、いつも通りの食卓。

——ここに宵藍がいたら、もっと嬉しいんだけど。

そんな願望は我が儘だと分かっているから、梅紅は寂しい気持ちを隠して笑顔を作る。和《なご》やかな食事を終え、学舎に向かう子供たちを見送ってから急いで部屋を出た。

向かった先は、少し離れた場所にある兄一家の住まう区画だ。

正妃となって暫《しばら》くしてから宵藍が、『一人故郷を離れては、心細いだろう』と雪蘭一家を呼び寄せてくれたのだ。

正妃の親族といえど、後宮内に居を構えるのはこれまで許されていなかった。しかし雪《シュエ》蘭《ラン》と李影《リエイ》が『運命の番』であることと、寵姫のいない居住区が余っていることもあり、特別に配慮された形だ。

義兄である李影は当初下官として登用されたが、すぐに頭角を現し今では皇帝直属の秘書官として日々忙しく働いている。

——俺も早く義兄《にい》さんみたいに働きたいな。昨夜もその話をしたかったのに結局は流されちゃったし……自業自得《じごうじとく》だけど。

双子を産んでから、暫くは彼らの世話にかかりきりだった。やっと子供達が乳離れし、侍女に子守を任せられるようになったが、今度は宵藍に相談する時間が持てない。

いや、昨夜のように交わる時間を話し合いの時間に変えればいいだけなのだが、宵藍に求められれば拒めるわけがない。

日々身を削って政に当たる宵藍に、更に『妃として何かしたい』と相談すれば、また新たな悩みごとを増やすことにもなるだろう。

ただでさえ多忙な宵藍に、必要以上に負担をかけたくないのだ。

「どうしたらいいのかなぁ」

「あらあら、僕の可愛い弟は何を悩んでいるのかな」

雪蘭一家の住まいに続く渡り廊下には、梅紅の到来を待ちきれなかったのか、二人の人影が佇《たたず》んでいた。

「雪蘭兄様、辰沙《チェンシャ》ちゃん」

「こんにちは、梅紅様。お目にかかれて嬉しゅうございます」

自分の子供達とたった一歳しか違わないとは思えない程大人びた雰囲気の少女が、雪蘭の横で膝《ひざ》を折り貴族式の挨拶をする。

兄の一人娘である辰沙は、今年で四歳になる。梅紅が身代わりとして故郷を出た時、既に宿っていた子だと知ったのは兄達が都へと呼ばれてからだった。

父親譲りの狐耳《きつねみみ》と尻尾に金色の髪、瞳は兄と同じ輝くような黒。闘としての才覚は勿論、優美な容姿は仙女のようだと褒めそやされている。

既に百を超える見合い話が持ち込まれているという噂も、嘘ではないだろう。

——女の子って成長が早いんだな。

天嵐と月虹も覚えが早いと褒められるが、礼儀作法や言葉遣いなどはまだまだ子供だ。

特に兄の天嵐は快活すぎて、後宮内を駆け回っては毎日どこかしらに傷をつくって帰ってくる。

比べても意味がないと分かってはいるが、年の差を抜きにしても辰沙の聡明さは際立っていた。

「今日は梅紅が来るから、好物の海老春巻きとお饅頭《まんじゅう》を作ったんだよ。辰沙も手伝ってくれたの」

「偉いね辰沙ちゃん。お手伝いしたんだ」

「辰沙は材料を巻いただけですわ」

そう謙遜しながらも、辰沙は誇らしげだ。自慢の美しい兄と、可愛らしい辰沙に迎えられた梅紅は、客間へと通される。

既に卓には料理が並べられており、香《かぐわ》しい花茶も用意されていた。

「それで、何かあったの？」

「……実は、宵藍のことで相談があってきたんだ」

三人で卓を囲み、料理を摘《つま》みながら梅紅は話し始める。

色々と悩みはあるが、現状で一番頭を悩ませているのは『宵藍が子供を甘やかしすぎではないか』という点だ。

激務の中でも後宮へ渡ってきてくれるのはありがたいけれど、必ず土産を持ち帰る。

それに頻繁ではないが、仕事中に双子を呼び寄せ執務室で遊ばせているのだと、吟愁から聞かされていた。

「朝議中じゃないから大目に見てるって言ってたけど、皇帝なんだからちゃんとしないと。また悪い噂が立ったらどうしようって、すごく不安で……お菓子も俺が見てないときに、たくさんあげちゃうみたいだし」

「困ったお父様だね」

「俺は本気で悩んでるんだよ」

微笑む雪蘭に、梅紅は口を尖《とが》らせる。

「うちも似たようなものだよ。可愛い髪飾りを見つけると、李影はすぐ買ってしまうの。これも先日、町の市で買ってきたんだよ。梅紅が来る直前まで、ずっと髪を弄《いじ》ってたの。ね、辰沙」

辰沙の髪は、赤い珊瑚《さんご》と石榴石《ざくろいし》で作られた花の簪《かんざし》で結われている。

「だって、一番綺麗《きれい》な恰好《かっこう》でお出迎えしたかったんですもの。お母様も梅紅様も、黒髪が素敵だから……辰沙も黒髪だったらよかったのに」

「辰沙ちゃんの金髪も、お日様みたいにきらきらして素敵だよ」

「本当ですか？」

「梅紅は嘘なんて言わないよ」

寄り添って座る娘の髪を、愛おしげに雪蘭が撫でる。髪飾りには小さな鈴が付いており、澄んだ音を立てた。

行儀良く座り、美しい所作で料理を口に運ぶ辰沙は、四歳とは思えない気品があった。

「天嵐も月虹も、宵藍には甘えっぱなしでさ。食事も好き嫌いが出てきて、お箸も上手《うま》く使えてないし。怪我《けが》だってしょっちゅうだし。俺の育て方が悪いのかなって、時々考えちゃうんだ」

「梅紅様はなにも悪くありませんわ。折角整えた着物を泥で汚したり、煩く走り回る双子が悪いんです」

「辰沙ちゃん？」

ぷうと頬を膨らませた辰沙に、梅紅は首を傾《かし》げる。

「ごめんね。この子、梅紅に憧れてて……それで、いつも一緒にいる双子ちゃんが、羨ましくて仕方ないの」

「羨ましくなんてないですわ、お母様。辰沙はただ、素敵な梅紅様を困らせている兄弟が憎らしいのです……ごめんなさい梅紅様。悪口を言うつもりじゃ……」

まだ上手く感情の表現ができないのは、幼さゆえだろう。

「分かってるよ、辰沙ちゃん。もし辰沙ちゃんが嫌でなければ、天嵐と月虹が無作法をしてたら注意してくれるかな？」

「勿論ですわ！　辰沙は憧れの梅紅様のためなら、何でもします」

頼られて余程嬉しかったのか、辰沙が笑顔になる。ただ続いた言葉に思い当たることがなくて、梅紅は小首を傾げた。

「憧れ？　俺、何かしたっけ」

「初めて宵藍様にお目にかかったとき、梅紅様が宵藍様の無作法を叱ったと聞いてますわ！　狼族の皇帝に臆さなかった人間族だって、女官達が教えてくれましたの。辰沙は威張る男の子が嫌いです。だから梅紅様みたいに強く美しくなりたいのですわ」

「……あれは、その。皇帝って知らなかったから……それに無作法したのは、俺の方だったんだけど」

いくら宵藍の顔を知らなかったとはいえ、不審者と決めつけて殴ったのはやり過ぎだったと今なら思う。あの部屋へ入れるのは皇帝かそれに準ずる貴族だけなのだから、冷静に考えて行動すべきだった。

結果として宵藍に気に入られたわけだが、たまに褥《しとね》で『あの平手打ちは痛かった』と宵藍にからかわれると、顔から火が出るほど恥ずかしくなってしまう。

「いいえ。無理強いを撥ね付けることができる梅紅様は、私達の憧れなんです！　学舎でも梅紅様に倣って、武術の授業を率先して受ける女子が増えたのですよ」

どうやら梅紅の失態には尾ひれがついて、女官のみならず貴族の子女達の間にまで広まっているようだ。あれだけの騒ぎを起こしたのだから、ある意味当然だろう。

隣でやりとりを聞いていた雪蘭が、静かに口を開いた。

「ねえ梅紅。子供達が大切なのは勿論だけど、陛下《へいか》も支えてあげてね。今は大切な時だから」

「でも俺、兄様みたいに歌も料理も得意じゃないし。……楽器だって全然駄目で……支えるって言われても、何をどうしていいのか分からないよ」

雪蘭の料理や楽器の腕前は、女官達が習いに来るほどだ。歌声は故郷にいた頃から評判で、宴席で披露すれば大喝采が沸き起こる。

自分も兄のような美声であれば、歌で宵藍を癒やすこともできただろう。

「そうじゃないよ、梅紅。目に見えることではなくて、心で支えるの」

「心？」

益々分からなくなって首を傾げる梅紅に、辰沙がにこにこしながら付け足す。

「母様は、梅紅様が陛下のお傍にいるだけでいいのだと言っているのですわ。だって梅紅様はとてもお美しいから、お傍で笑っているだけで陛下は元気になりますわ」

「そうかなあ」

子供の褒め言葉を真に受けて喜べるほど、梅紅も楽天的にはなれない。まして『美しい』なんて自分の容姿とはかけ離れたことを言われては、苦笑するしかなかった。

「辰沙様。そろそろ手習いのお時間です」

「はい、すぐに行きます。梅紅様、失礼いたします」

女官に呼ばれた辰沙は、丁寧に頭を下げるとゆったりとした足取りで部屋を出て行く。

「うちの子だったら、走ってるよ。辰沙ちゃんて、本当にお行儀いいよね。女の子は成長が早いのかな?」

「さあ、どうだろうね。でも天嵐と月虹だって、じきに礼儀正しく振る舞えるようになるよ」

「だといいんだけど。宵藍が甘やかすからなぁ」

良いこともたくさんあるけれど、不安の種も少なくない。

子供達は聡明で日々成長しており、宵藍の政も上手くいっている。

そんな中、自分だけが取り残されたようななんとも形容しがたい、もやもやとした気持ちが心に燻っているのだ。

「ねえ梅紅。焦るのはよくないよ。まずは、宵藍様と話し合ってみたら? 僕だって、李影と喧嘩《けんか》することもあるよ。けどそんな時は、二人でゆっくり話をするの。思っていることを全部伝えて正直になれば、きっと上手くいくよ」

「……兄様がそう言うなら……やってみる」

「不安になったら、いつでも来ていいのだからね。そのために、僕達一家はここにいるのだから」

白魚のような指が、梅紅の手に重ねられる。

兄だというのに、雪蘭は梅紅よりもずっと華奢《きゃしゃ》だ。体も心も繊細な兄に、これ以上心配はかけられないと梅紅は思う。

「ありがとう、兄様」

「梅紅が人一倍、頑張り屋さんで宵藍様を誰より愛しているって分かってるよ。だから挫《くじ》けないで」

「うん。兄様も、無理はしないでね」

広い王宮内で人間族は自分達二人だけだ。互いの番に大切にされているけれど、ふと寂しくなることだってある。

二人は手を取り合い、互いを励まし合った。


このところ連日、新規事業に関する朝議が続いていた。

宵藍も早々に切りあげて後宮へ渡れる日は少なくなり、夜半を過ぎてから寝所へ来る日も増えている。

寂しいけれど、これぱかりは我慢するしかない。

今夜も一人で寝所に入った梅紅だったが、微睡《まどろ》み始めた頃に人の気配を感じて寝返りを打つ。

「……しゃおらん？」

「ただいま、梅紅」

額に唇が触れ、梅紅は微笑む。

「ん……お帰りなさい。疲れてるんだから、わざわざこっちまで戻らなくても良かったのに」

正殿にも皇帝の寝所はあるので、離れた後宮まで戻る必要はないのだ。

「お前の顔を見ないと死んでしまう」

「大げさだよ」

真面目な顔で告げられ、梅紅は気恥ずかしさを誤魔化すように小さく笑った。正装を脱ぎ捨て、裸のまま隣へ潜り込んできた宵藍が、まだ半分寝惚《ねぼ》けている梅紅を抱き寄せる。

「梅紅」

呼ぶ声には明らかな雄の欲が滲《にじ》んでおり、ここに至って梅紅は彼が自分を求めていると気が付いた。

「待って、宵藍」

「疲れているのか？」

「それは宵藍だろ」

夜着の上から肌《はだ》を撫でようとする彼の手を摑《つか》み、軽く睨《にら》み付ける。月明かりの中、宵藍の瞳が怪しく光るけれど、梅紅は怯《おび》えず正面から受け止める。

「今夜は休んで。俺も眠いし」

「発情期であろう？」

問われて、梅紅はびくりと身を竦《すく》ませた。

――香りで気付かれてる。

普段とは違う倦怠感《けんたいかん》に気付いたのは、今日の夕方のことだ。慌てて鈴花を呼んで診察してもらったところ、本格的な発情の兆しが出ていると告げられた。

「そうだけど、今回の発情は薬で抑えるから、心配しないで。さっき夕餉の後にも抑える薬飲んだし、そろそろ香りも薄くなるよ」

するとあからさまに、宵藍の表情が曇る。番である宵藍からすれば、やっと正常な発情を迎えた伴侶から拒絶されたも同然だ。

不機嫌になって仕方がない。

「人間族は次の妊娠まで体力付けないといけないから、最低一年は妊娠しないようにって言われてるし」

「天嵐と月虹が生まれてから、もう三年だぞ」

普段の交わり程度では、避妊薬を飲まなくとも妊娠までは至らない。

しかし今は発情期だ。そして梅紅は、正式な番となった初夜に双子を孕むという奇跡的な懐妊を果たしている。

運命の番であるという事実に加えて、体の相性も良いのは互いに理解していることだ。

「何か、不安や不満があるのか？」

「そんなことあるわけないよ……ただ……その……」

歯切れの悪い返答に、宵藍が眉を顰める。

「俺はお前を愛したいだけだ。正直に心の内を話してくれ」

孕ませることを前提とした交わりは激しく、どうしても守に負担を強いる。

発情期が不安定なままの梅紅を気遣い、宵藍が己の衝動を抑えながら抱いてくれているのは分かっていた。

「お前は不安定な状態が続いている。薬で無理に抑えすぎるのも良くないと、鈴花《リンファ》から聞いておるぞ。それにこの発情、正しくは三度目だろう。お前が隠したがるから知らぬ振りをしてきたが……斯様《かよう》に俺が信用できないか？」

——知ってたんだ……。

狼族は鼻が利くので、誤魔化すために強めの薬を処方してもらっている。それでも宵藍ほどの鬪ともなれば、こうして簡単に見破れてしまうのだ。

「発情期は体が怠《だる》いけど、慣れたから平気。それより俺は、宵藍の体が心配なんだよ」

「――俺との子作りは、嫌か？」

「そうじゃないよ！」

「ならば何故《なぜ》だ」

「いくら鬪だって、ちゃんとした伽をするには体力使うだろ。それに子作りを始めたら、少なくとも十日は仕事休むことになるし」

政は順調だが、いくら子孫を残す為の神聖な行為とはいえ、突然皇帝が後宮に籠もれば多少の混乱は生じる。

――俺の発情期が安定していれば、前もって調整ができるんだろうけど。

自分の体質のせいで、これ以上宵藍に迷惑をかけたくはない。

何より、宵藍だって毎晩遅くまで仕事をしているのだから、まずは休息を優先させるべきだと思う。

「梅紅、俺はお前を愛したいのだ。政も数日であれば、吟愁達が上手く進めてくれる」

「…………駄目」

「梅紅？」

「今日から子供部屋で寝る。宵藍も無理して後宮に戻らなくていいから」

このまま身を任せてしまいたい衝動を必死の思いで堪《こら》えて寝台から降りると、梅紅は上着を羽織る。もし宵藍が梅紅を引き留めようと思えば、それは簡単にできた筈《はず》だ。

狼族としての力と闘の本能のままに梅紅を組み敷けば、発情しかけているこの体は快楽を求めてすぐに乱れるだろう。

だが宵藍は、咎《とが》める言葉も口にせず追っても来ない。

——ごめんね。宵藍。

彼が一言『戻れ』と言えば、番の本能が従ってしまう。宵藍は言葉ひとつで、梅紅を支配できるのだ。

そうしないのはどこまでも宵藍の優しさだと、梅紅もよく分かっていた。

でも今暫くは、彼の負担になりたくない。無言で寝所を出ると、夜番で隣室に控えていた侍女が異変を察して追いかけて来た。

「お妃様……」

「大丈夫。今夜は俺、子供部屋で寝るから」

「畏まりました」

「喧嘩じゃないから、心配しないで。子作りも大切だけど、今は宵藍を休ませてあげたいんだ」

「梅紅様はお優しいのですね」

不安げな侍女に説明すると、ほっとした様子で頷《うなず》いてくれる。

――本当は俺だって、宵藍としたいけど……我慢。

逞《たくま》しい宵藍の腕に飛び込みたい心に蓋をして、梅紅は行燈《あんどん》を持つ侍女の先導で子供部屋へと向かった。


三日ほどで、梅紅の発情は治まってしまった。

鈴花が調合してくれた薬のおかげもあるけれど、やはり一番の原因は発情周期が安定していないことにあるらしい。

――安静にしてろって鈴花は言うけど、もう限界だ。

発情中は気怠く眠っている時間が長かったが、終わってしまえば健康そのものだ。正式に侍医となった鈴花曰《いわ》く『終わっても数日は、安静が必要』とのことだが、じっとしている方が梅紅としては落ち着かない。

子供達は朝餉が終わると、剣術を教える道場や図書館へ行ってしまう。何にでも興味を持ち自主的に学ぼうとする性格なので、手がかからないのはありがたい。

時折梅紅の元に戻ってきては、途中経過の報告をする様子は完全に親離れもしておらず、教育係の女官からは『理想的な妃と皇子《おうじ》達の関係』だと褒められもする。

とはいえ、子供達がいない間は一人きりだ。やることもなく部屋に閉じこもっているのは、退屈でつまらない。

あの夜宣言したとおり、梅紅は子供部屋を主寝所にしていた。最初は何か言いたげだった宵藍も、諦めたのか後宮へ戻らず正殿で寝起きをしている。

実際問題、政務が忙しいのでその方が合理的なのだった。

夜は子供達とお喋りをするので気が紛れるけれど、昼間はただただ落ち着かない。

——宵藍は仕事してるのに、自分だけ遊んでるみたいでなんか嫌なんだよな。

子供が乳離れすれば、正妃も何かしらの仕事を与えられるのが慣例とされている。だが梅紅は未《いま》だ、形だけの官位しか与えられていない。

「考え込んでても意味ないし。自分でできることを探そう」

いざとなれば、下女達に頼み込んで後宮の掃除でも何でも手伝えばいい。寵姫の住まいだった区画を閉じたとはいえ、後宮内はとにかく広いのだ。

梅紅は早速侍女の目を盗み、廊下と反対の窓から部屋を抜け出す。

「さてと、どこに行こうかな」

後宮に入った当初は、こうして彼女等の目を盗んで後宮内を探検して回っていた。

けれど宵藍の子を身ごもってからは一人での散策は禁じられていたので、こうしてこっそり見回るのは久しぶりだ。

——東側に守用の官舎を新しく作ったって言ってたっけ。あっちは探検してなかったから、行ってみよう。

梅紅は広い庭を横切り、女官や侍女達に見つからないようこっそりと進む。暫く歩くと、作られて間もない新しい塀が見えてきた。

「そりゃそうだよな」

使っていない後宮の一部を改築して独身の守専用の宿舎にしたが、流石に簡単に出入りができるのは問題なので急ごしらえの塀で区切ったのだろう。

塀は梅紅が背伸びをして届く高さではないし、扉も見当たらない。

「折角来たのに戻るのは悔しいな……よし」

故郷で暮らしていた頃は、獣族の子供達と山野を駆け回っていた。特に木登りの腕前は、町一番だったと自負している。

辺りを見回すと、少し離れた所に丁度良い高さの木を見つけて、梅紅は腕まくりをする。

そして徐《おもむろ》に木の枝を摑むと、小猿のようにさっと登ってしまう。そして張り出した枝を伝い、塀の屋根瓦に飛び移った。

「久しぶりだったけど、結構動けるな」

屋根瓦に腰を下ろし、反対側に飛び降りようかとも考えたけれど、戻る際に足がかりとなるような物が見当たらないのでそれは断念した。

「こんな奥の方まで後宮だったんだ……昔の皇帝って、いったい何百人の寵姫を囲ってたんだよ」

塀の向こうには、一つの町ほどもある元後宮の敷地が広がっていた。

呆《あき》れたように呟き広い敷地を眺めていると、丁度鹿族の若者が数名通りかかる。

「あの、ちょっといいかな？　君達、文官だよね？　この宿舎に住んでるの？」

声をかけると若者達は驚いた様子で立ち止まり、しげしげと梅紅を眺めた。そして服装から相手が誰なのか理解した瞬間、一斉にその場で平伏する。

「お妃様⁉　なにかご無礼がありましたでしょうか？」

「そのような場所に何故……あ、危のうございます！」

「驚かせてごめん。すぐ戻るから大丈夫、顔を上げてよ」

「ですが……」

狼狽《うろた》える文官達に、梅紅は重ねて頭を上げるように促した。

「ちょっと聞きたいことがあるんだ。頭下げられちゃうと、声が聞こえづらいし立って話そうよ」

「しかし……お妃様の前で立つなど重罪に当たります」

高官ならまだしも、位の低い官吏は膝《ひざ》を折らずに対面するなどあってはならないことなのだ。彼等の気持ちも理解できるので、梅紅は一つの案を提示する。

「でもさ、俺はこんな高いところで座ってるんだから、君達が立っても視線は俺の方が上だし。――とにかく、お願いだから普通にして。頭下げられるの苦手なんだよ」

必死に頼む梅紅に、鹿族の若者達は顔を見合わせながらおずおずと立ち上がる。

「承知いたしました。――その、お聞きになりたいこととは何でしょうか？」

「……私共に分かることでしたら、全てお答えいたします」

梅紅は彼等を安心させるように、微笑みかけた。後宮内でも、正式な式典以外では下女達にも平伏はしないようにと通達してある。

元々下級役人の家の出なので、後宮に入って三年経った今でも平伏されることに未だ慣れないのだ。

「ここの建物が気になって来てみたんだ。前の皇帝の時代は何に使われてたのか、知ってたら教えて欲しいんだけど」

「この辺りは、代々の皇帝が寵愛した姫君の住居だったと聞いております。家の位が低い者が住まう地区だったようです」

「あっちの建物は？」

寵姫達の住まいとは違う、簡素な建物を梅紅が指さす。

「もっと古い時代に造られた、乳児院のようなものだった筈です。子だくさんの帝《みかど》が建てたと聞いております」

「内部が荒れていて、室内の造りからして宿舎にも使えない建物だそうです。手を加えれば使えるとのことですが、用途はまだ決まっておりません」

勿体《もったい》ないなと、梅紅は単純に思う。

後宮の建築物はしっかりとした造りなので、内装さえ整えれば十分に使うことが可能だ。現に彼等の住まいは、壁を塗り直しただけで官舎として使用されている。

「そうだ、何か困ってることとかある？　俺は官吏の仕事とか分からなくて、手伝いたくてもできないからさ。こうして欲しいとか、希望があったら言って」

「そんな、お妃様のお言葉だけでも勿体のうございます」

「守だけの宿舎を作っていただけて、心から感謝しております」

「これ以上を望むなど、分不相応になってしまいます」

口々に不満はないと告げる彼等に、梅紅は困惑する。確かに宵藍の政務が軌道に乗り始め、様々な面で環境の改善が成されているが完璧ではない。

――遠慮、してるよなあ。

しかし梅紅が無理矢理聞き出そうとしても、逆効果だろう。

できるなら彼等の本音が上官にも届くような仕組みを作るべきだが、それを成すには時間がかかる。

梅紅は心の中で彼等に謝り、若者達の気遣いを素直に受けることにした。

「ありがとう、引き留めてごめんね！　お仕事頑張って。あと吟愁様には、俺が塀に登ったことは内緒にして！」

「畏まりました」

「陛下のこともよろしくお願いします！」

「勿論でございます！」

最初は不安げな若者達だったが、立ち去る頃にはみな笑顔で梅紅に手を振ってくれるまでになっていた。

彼等が通りを曲がるまで見送っていた梅紅は、背後からの悲鳴にびくりと肩を竦ませた。

「梅紅様っ！」

女官の金切り声が辺りに響き渡り、梅紅を探していたらしい女官や侍女達が集まってくる。

「ごめん、すぐ戻るから！　うわっ」

屋根から飛び降りるが、足を滑らせて掌《てのひら》に擦《す》り傷を作ってしまう。その一部始終を見ていた女官長が、失神したのかその場にくずおれた。

その夜、女官長から報告を受けた宵藍が数日ぶりに後宮へ戻ってきた。

夕餉の席では笑顔だった宵藍だが、梅紅と寝所に入ると表情が険しくなる。滅多に動かない尾が椅子や卓を叩き、苛立《いらだ》っていると梅紅にも伝わる。

「――なにゆえ、塀に登ったりなどしたのだ」

「あっちの方は何があるのか知らなかったから、気になって……」

「ならば俺に訊ねるのが先だろう。何故、見ず知らずの文官に、気やすく話しかけた」

「別に俺が誰と喋ったっていいだろ！」

塀に登った無作法を咎められるならともかく、どうして文官と話をしたことを責められるのだろうか。

「俺の許可なく、他の者と話してはならん！」

叱責する宵藍に少し怯《ひる》んだ梅紅だったが、すぐに怒りの感情が上回り声を荒らげてしまう。

「なんだよそれ！　宵藍、皇帝だからって何でも思いどおりになると思ってない？」

「いや、思いどおりなどとは……ただ、俺は」

気まずそうに視線を逸《そ》らす宵藍を、梅紅はキッと睨み付けた。

「宵藍の馬鹿！　俺にだって、いっぱい知りたいこととかやりたいことがあるんだ。話も聞かないで訳わかんない命令する宵藍なんて嫌いだ！」

言い過ぎたと思った時にはもう遅い。口から出た頑是ない子供のような言葉は取り消せない。宵藍の顔を見るのが怖くて、梅紅は走って部屋を出る。

——喧嘩、したいわけじゃないのに。なんで……。

暗い後宮の廊下を走り、子供部屋近くの東屋《あずまや》に身を隠した梅紅は声を殺して泣き始めた。

梅紅と宵藍は表向きは何事もなかったように過ごしていたが、不穏な空気が子供達に伝わらないはずがなかった。

寝所で羽布団を被《かぶ》り、双子は侍女に聞かれないよう小声で会議を始める。

「とうさまとかあさま、けんかしてるな。これはいちだいじだ」

「うん。いつものけんかとちがうね、にいさま」

久しぶりに家族揃《そろ》っての夕餉を取ってから、既に四日。

話しかけても、両親はいつも上の空だ。

「こんなにながいけんか、はじめてだろ。おれたちが、なかなおりさせようぜ」

「どうするの？」

こそこそと耳打ちする兄の息がくすぐったいが、月虹は我慢する。行動を起こすのは、い

つも兄の天嵐からだ。

失敗することもあるけれど、堂々としている天嵐を父の次に誇らしく思っている。

「おれは、とうさまをせっとくする。かあさまはおまえにまかせたぞ、ユェホン」

「はい。にいさま」

そんな子供達のやりとりなど知らない大人達は、それぞれ気まずい日々を過ごしていた。


「陛下。少々よろしいですか?」

吟愁に伴われ正殿奥の内殿執務室に入って来たのは、天嵐だった。たまに呼び寄せ執務室の隅で遊ばせていたが、子供達が自ら訪れることはない。

「天嵐、いかがいたした」

「とうさまを、せっとくしにきたんだ」

「皇子様が陛下とお妃様のことを大変案じているご様子でしたので、私が許可をいたしました。このままですと、政務にも支障が出ると判断しましたので」

それでは、と吟愁が頭を下げて出て行ってしまう。

「ええと天嵐。説得とは、何のことだ?」

「とぼけたって、だめだよとうさま。ユェホンもおれも、けんかしてるのしってるんだぞ」

とたとたと駆け寄ってきた息子《むすこ》を抱き上げ、向かい合う形で膝に乗せる。

「お前達も知っていたとは。……父親失格だな」

親の贔屓目を抜きにしても、息子達は聡明だと宵藍は知っている。しかし両親のいざこざまで見抜かれているとは、正直思っていなかった。

子供の観察眼を侮っていた自分に、内心溜息を吐く。

「かあさまは、きっとすねてるだけだよ。ちゃんとはなしをすれば、なかなおりできるよ」

「そう単純なことではないのだ。母様がこのところ父様を避けているのは、天嵐も知っているだろう？　とても話ができる雰囲気ではない」

「そうだけど……えっと、だから、かあさまがすきなものをおくって、はなしかければいいんだよ」

「贈り物か」

ふむ、と宵藍は考え込む。確かに切っ掛けとしてはいいかもしれない。

「では、花か菓子を用意させよう」

一度下がった吟愁を呼ぼうとしたが、それを遮るように背後の中庭に通じる窓から幼く甲高い声が響く。

「お待ちください！　陛下」

「チェンシャ。またひとりで、こうきゅうからでたのかよ。あぶないっていっただろ」

「天嵐に言われたくないわ」

ひょいと窓枠を乗り越えて入って来たのは、辰沙だった。どうやら庭を突っ切って来たらしく、その金髪は珍しく乱れていた。

ことのほか身だしなみに気をつけている子だと梅紅から聞いているので、余程急いでいたのだろう。

「——どうやら俺と梅紅だけの問題では済まなくなっているようだな。お前達の心まで乱すことになってしまった……辰沙、発言を許す」

まだ子供で宵藍にとっても姪《めい》にあたるが、後宮外では実子でない辰沙は臣下として扱わなければならない。

辰沙もそれは弁《わきま》えているようで、女官と同じように頭を下げる。

「陛下、ご無礼を承知で申し上げます。偶然聞いてしまったのですけど、お妃様が拗ねてるだけなんて、とんでもありませんわ。誠心誠意、謝るべきです」

「じゃあどうすればいいいんだよ！」

自分だけ父に抱き上げられている状況が恥ずかしいのか、天嵐が宵藍の膝から降りて辰沙と向き合う。

しかし辰沙は気にする様子もなく、冷静に意見を述べる。

「贈り物を切っ掛けにお話しなさるのはよろしいと思いますけど、お妃様は華美な物は好まないわ。実用性のあるものになさいませ」

「じゃあ、おかしでいいだろ」

「これだから、男って駄目よね。いかにもご機嫌取りです、みたいな品は逆効果。もう少し気の利いた品がいいの」

言い負かされて悔しそうにしている天嵐を、宵藍は興味深く見つめている。

――やはり女子の方が早熟なのか。天嵐も剣術ばかりでなく、心の機微を察せられる感性も育てなければならないな。

自分のことを棚に上げて考えていると、辰沙がぽつりと呟く。

「梅紅様を悲しませたら、許さないんだから。梅紅様と母様は幸せだけど、本心では心細いのよ」

その言葉に宵藍は僅《わず》かに目を眇《すが》めた。

この少女は、宵藍の知らない二人の様子を知っている。

しかし辰沙を問い詰めて聞き出しても、それでは意味がない。

――運命の番という立場に胡座《あぐら》をかいて、色々と疎かにしてしまっていたようだ。

番として、もっと梅紅と話し合い、心の交流を持つべきだったと猛省する。

「辰沙、私と梅紅が仲直りをするために、知恵を貸してくれるか？」

「はい」

美しい所作で頭を下げる辰沙に、天嵐もぺこりと頭を下げた。

「おれからもたのむ」

「お手伝いするけれど、選ぶのは陛下と天嵐よ。そんな情けない顔しないで、しっかりなさい。陛下もこれから申し上げることを書き留めてくださいな」

叱られて涙目になっている息子に声をかけたいが、己も殆ど同じような立場だ。

情けなく眉を下げた男二人は、黙って辰沙の指示に従うしかなかった。


一方、月虹は母の元へと向かった。

「かあさま、いる？」

「ん……あれ？　月虹、今日は図書館で授業じゃなかったっけ？」

「おやすみしました」

卓に伏していた梅紅は、顔を上げてさり気なく目元を拭《ぬぐ》う。宵藍とギクシャクしてから、一人になると胸が苦しくなって自然に涙が零れてしまうのだ。

情けない姿を子供達には見せまいと笑顔を作るが、月虹は不安げに見上げてくる。

「かってにおやすみして、おこってる?」

「ううん。母様も子供の頃、勉強が嫌でずる休みしたことたくさんあったし。それより月虹、その籠はなに?」

竹で作られた籠には、鳥の刺繍《ししゅう》が施された絹がかけられている。月虹がそれを卓に置き、絹を取る。籠の中には様々な形の焼き菓子が入っており、梅紅は目を輝かせた。

「かあさま、あーんして」

月虹がその中の一つを摘み、宵藍に差し出す。花の形に焼かれた菓子の中心には、砂糖漬けの桜桃《さくらんぼ》が載っている。

唇で食《は》むように受け取り舌の上で転がすと、上品な甘みが口いっぱいに広がった。

「美味《おい》しい」

「とつくにのほんに、かいてあったんだ。リンファさんにざいりょうあつめをてつだってもらって、ぼくがつくったの」

以前、宵藍が取り寄せてくれた外つ国の絵巻に出てきた菓子だと、月虹が教えてくれる。

「いっしょにつくって、とうさまにもっていこう?」

「でも……」

「だいじょうぶ。とうさまだって、はやくかあさまとなかなおりしたいって、おもってるよ」

「もしかして、天嵐は今、父様のところへ行ってる?」

隠しごとができない月虹は、少し迷ってからこくりと頷いた。

子供達にここまで心配されて、嫌だなんてとても言えない。

「ありがとう。それと心配させて、ごめんね」

「かあさま……ぼく、とうさまとかあさまが、けんかするの、いやだよ」

ぽろぽろと涙を零す月虹を、梅紅は優しく抱き締める。心優しい子供達は、この数日間どれだけ心を痛めただろう。

——俺と宵藍が、しっかりしないと。

梅紅は月虹が泣き止むのを待ってから、二人で鈴花の元を訪ねた。


その日の夜、子供達が寝所に入り暫《しばら》くすると宵藍が後宮に戻ってきた。

互いに子供の行動は察していたので、寝所に入ると用意していた品を互いに手に取る。

「あのね、宵藍。焦げちゃったんだけど……良かったら食べて」

鈴花と月虹に手伝ってもらったが、焼き菓子は半分ほど焦げてしまった。それでも宵藍は嬉しそうに、菓子を口に運ぶ。

「これから、雪蘭兄様に料理習おうと思う……」

「誰にでも得手不得手はある。まあ俺としては充分に美味《うま》いと思うから、習う必要はない」

「宵藍……」

「俺も、お前に渡す物がある」

渡された包みを開けると、織物で名の知れた州で作られる独特の文様の肩掛けが入っていた。羽のように軽いが、とても温かい。

織れる職人は限られており、年に一度、数点だけ献上される稀少《きしょう》な品だ。

「どうしたの、これ。まさか国庫から出したの？」

「いいや。天嵐と町に出て、直接買い付けた。店に卸された品を買う分には、問題ないだろう」

「皇帝がなにしてるんだよ！」

「意外と気付かれないものだな。町は活気があって良かったぞ、次はみなで出かけよう」

そういえば梅紅の故郷の祭りにも、お忍びで来ていたのだったと思い出す。

「この品は、お前と話をする切っ掛けになればと思った。決して機嫌取りではないが……すまなかった、梅紅」

「俺も、言葉足らずでごめんなさい」

二人は寝台に腰を下ろし、寄り添いながらぽつぽつと互いの思いを話し始めた。

「――俺はお前を幸せにしたいのだ」

「もう十分、幸せだよ」

「まだまだ足りていない。……いや、俺が焦っているだけか」

珍しく困ったような物言いに、梅紅は小首を傾げた。

「ねえ宵藍、今夜は思ってること全部話そう？」

自分から宵藍の手を取り、ぎゅっと握る。すると彼の狼の耳が思い詰めたように伏せられた。

「――梅紅、正直に答えてほしい。俺と子を作るのはもう辛《つら》いか？」

「え……？」

意外な問い掛けに、梅紅は狼狽える。

実際問題、狼族との交わりは他の獣族でも体力を消耗する。特に人間族の守にとっては、負担が大きい。

妊娠期間も、場合によっては人間族同士の子の倍近くかかる場合もあるのだ。

天嵐と月虹を身ごもった際は、幸い体調も安定しており期間も人間族と変わりなかった。

しかし次も同じとは限らない。

体調を危惧する宵藍に、梅紅は首を横に振る。

「俺は、産みたい」

「ならば、なにゆえ発情期に俺を拒むのだ」

「だって……宵藍はただでさえすごく忙しくて、この国にとっても代われる人がいない大事な存在で、なのに俺だけと過ごす時間でもっと疲れさせちゃうわけにはいかないよ！」

「――俺は斯様に、弱く見えているのか」

「弱いとかじゃなくて、心配なんだ！　宵藍が大好きだから、無理させたくないって言ってるの！」

　気持ちが上手く伝わらないことに堪《たま》らなくなって、梅紅は宵藍に縋り付く。こんなにも大切に思っているのに、自分の言葉は彼に届かない。

「宵藍のばか……」

「お前の気持ちを蔑ろにするようなことを申した。すまない」

「謝らないで。それより、ちゃんと休んでよ……皇帝の仕事は宵藍しかできないんだからって自分に言い聞かせて我慢してたけど、やっぱり働き過ぎだよ。それが無理なら、俺にもなにか仕事をさせてよ」

　自分だけ蚊帳《かや》の外みたいで悲しいのだと、梅紅は続ける。

　いつの間にか梅紅の頬には涙が伝っていた。

「お前は優しいな、梅紅。俺には勿体ない程の番だ」

　そっと顔を寄せて、宵藍の唇が涙を拭ってくれる。くすぐったくて笑ってしまうけど、涙が止まらない。

「梅紅が塀に登って外を見ていたのは、その、仕事のことと関係があるのか？」

「……最初は探検するつもりだったけど……文官に聞いたら使われてない建物もまだたくさんあるって分かって。何かに有効活用できないかなって考えてたんだ。なのにいきなり、喋るなって怒るから……」

まだ具体的な案は浮かんでいないけれど、きっと宿舎以外にも使い道はある筈だ。あのときの梅紅の思いを分かってくれたのか、宵藍はばつが悪そうに頷く。

「――あれは俺の嫉妬だ。梅紅の気持ちも聞かず、傷つけてすまなかった」

「嫉妬だなんて……俺には宵藍だけに決まってるのに……」

「俺達は運命の番だが、まだ深く解り合える部分があるのだな」

「そうだね」

どちらからともなく唇を重ね、互いを労《いたわ》るように抱き締める。

久しぶりの優しい触れ合いが嬉しくて、梅紅は宵藍の胸に顔を埋《うず》めた。

「今夜は、このまま寝ていい？」

「ああ、お前が眠くなるまで話をしよう。明日の朝議は吟愁に任せてあるから、俺も昼までゆっくり休める」

寝台に横たわり、二人は付き合い始めたばかりの恋人同士のように夜更けまで語り合った。

翌日、梅紅が昼食の用意をしていると、何の先触れもなしに吟愁が後宮へ現れた。そして恭しく宵藍と梅紅に頭を下げると、とんでもないことを大真面目に告げる。

吟愁曰く『皇帝が率先して働き続けていれば臣下も休めないので、必ず休暇を取るように』とのことだった。

呆気にとられる宵藍に構わず、これからは五日働くごとに二日、皇帝は休暇を取ることが決議されたとの報告を済ませると、さっさと王宮に戻ってしまう。

宵藍は梅紅と子供達の前にも拘《かか》わらず、子どものようにむくれていた。

「誰も彼も、俺を除《の》け者にしおって……」

「だから働き過ぎだって、みんな心配してたんだよ。吟愁様も家臣のみんなも優秀な人たちだし、信頼して任せるのも皇帝のお仕事でしょう？」

宵藍を宥めながら、梅紅は昼食の汁物をそれぞれの椀《わん》に注ぐ。

「とうさま、おやすみのひは、まちにいこう！　それか、けんじゅつのけいこを、してください！」

「だめだよにいさま。おやすみのひは、きちんとやすまないと」

「食べながらお喋りしないの。宵藍も、冷めないうちに食べて」

給仕は侍女の仕事だけれど、家族が揃っているときは梅紅が取り分けるようにしていた。

「ねえ宵藍……やっぱり俺、料理は向いてなかったみたい。別の形で支えたいんだけど、何か仕事ないかな?」

卓に並ぶ料理の数々は、後宮付きの料理人が作ったものばかりだ。兄は今でも、体調が良ければ故郷の料理を家族に振る舞っている。何度か兄の手伝いもしてみたけれど、冷静に考えた結果、梅紅は家族のためを思って本格的な料理には挑戦することを止めた。

「兄様は俺に、陛下の心を支えなさいって。でもそのやり方もよく分からなくて……」

「梅紅が傍にいてくれるだけで、支えになっているぞ。玉座にいれば、皇帝として厳しい裁きを下さねばならぬこともある。しかし梅紅と子供達がいるからこそ、政における様々な事柄と向き合えているのだ」

「とうさま、かっこいい!」

豚肉の饅頭包みを頰張りながら、天嵐が尻尾を振る。

お行儀が悪いと叱らなくてはならない場面だったけれど、もし自分に尾が生えていたら一緒に振っていただろうなと思い、梅紅はあえて咎めなかった。

「でもさ、やっぱり大切にされてるだけじゃ嫌だよ。歴代の正妃だって、何か役目があったんだろ? そろそろ俺も、何か仕事がしたいんだ」

ふむ、と宵藍が考え込む。

「確かに俺の母も、位と権限が与えられていた。母は神経が細い方で殆ど女官任せだったと聞くが、梅紅ならば問題なく役目を果たせるであろう」

「やった！　俺、頑張るから！」

「明日の朝議で提案しよう。望む案があれば申すがよい」

その口調は番でも父親のそれでもなく、皇帝として差配する物言いだ。威厳のあるその姿に、梅紅は顔を赤らめたがすぐに表情を引き締めて頷く。

「はい。ありがとうございます」

愛《め》でられるだけの存在ではなく、頼れる臣下としても認められたい——。梅紅の胸は高鳴った。後宮で平穏を享受するだけの生き方は、自分の性に合わない。

「かあさまがおしごとするなら、おれもてつだう！」

「ぼくも」

「お前達はまず、勉学に励むことがなによりの仕事だ」

「天嵐は青菜、月虹は人参《にんじん》が食べられるようになったら、考えてもいいかな」

梅紅の言葉に、双子は口ごもる。聡明だともてはやされていても、三歳児らしい悩みはあるのだ。

「……そんなに厳しくせずともよいだろう。俺も野菜は苦手だ」

「そうやって甘やかさないの。宵藍も野菜残したらダメだからね」

狼の耳を伏せる宵藍と双子に、梅紅はくすりと笑う。

大国の皇帝とその皇子達の囲む食卓は、民の団欒と何も変わるところがない。

家族のささやかでこの上ない幸せがいつまでも続くようにと、梅紅は心の中で祈った。


後宮の外れに建つ元乳児院の補修作業が始まったのは、半月後のことだ。

あれから梅紅は、守専用の宿舎へと赴き、彼等からも案を募った。そして内部の造りに合わせて学舎として活用することを宵藍に提案したのである。

「後宮と隔てる壁を造り直す必要はあるけど、新しく建てるより安く済むでしょ」

毎晩こうして、休む前に様々な提案をするのが梅紅の日課となっていた。正妃としての立場があるので、後宮から出るには事前にきちんと許可を取らなくてはならず、朝議に参加することは難しい。

代わりにと、宵藍は私室で仕事に関する相談に乗ってくれるのだ。

「まだ後宮の建物は余ってるから、それを地方から出てきてる学生の寮にするのはどうかな？」

元々、後宮は無駄に広く、先帝の頃からも廃墟《はいきょ》に近いような宮が幾つもあった。梅紅は新しく作らせた図面を宵藍に示し、更なる計画を告げる。

「問題ないだろう。吟愁と相談して、お前の考えたように進めて構わない。予算は李影の管理下に付けよう。担当官吏が義兄であれば、お前も話がしやすいだろう」

「ありがとう！」

数字に関して、李影ほど信頼できる者は少ない。費用の計算は自信がなかった梅紅だが、義兄が手伝ってくれるならば心強い。

これで計画の概要はほぼ固まった。次は学舎の方針や教師の選別など、更に多くの臣を巻き込んでの仕事になる。

「ああ、忘れていた。吟愁から二人で読むようにと、書簡を預かっておったのだ」

「お小言かな？」

「それならば直接申すだろう」

相変わらず二人して、吟愁には頭が上がらない。特に痴話喧嘩で子供達を巻き込んだ際には後日、『幼子に仲裁されるなど情けない』と散々叱られた。

書簡を恐る恐る開いて読み進めていた宵藍が、なんとも複雑な表情になる。

「どうしたの？」

「皇帝に対して、長期休暇の要請だ。明後日から五日、本来の休日を合わせて七日間……あやつ、いつの間にか若い連中だけでなく、老臣共も手懐けたようだ。でなければ、こんな馬鹿げた話が通るはずもない」

週ごとの休みを決められた直後に、更なる休暇を通達された宵藍が盛大な溜息を吐く。呆れた様子だが、やがてその目は楽しげに細められる。

宵藍一人では人事の隅々まで目は配ることは不可能だ。それを細やかに補佐し、各官吏が柔軟に動けるよう吟愁が仕切っている。

先帝の陰で政を牛耳っていた老臣達を、どういう方途でかは分からないが吟愁は上手く扱えるようにしたのだ。

「ん？　鈴花からも一筆入ってる……『新婚旅行』？」

「そういうことか」

「一人で納得するなよ。訳が分からないんだけど」

「つまり、子作りの準備をせよという薬師《くすし》のお墨付きが出たのだろう。お前の発情周期が安定しつつあるのだな」

頬を赤らめ黙り込む梅紅の額に、宵藍が唇を落とす。

「侍女に支度を命じよう。俺は細かな仕事を片付けてくるゆえ、お前は先に休め。梅紅には休暇中、存分に体力を使わせてしまうことになるからな」

意味を理解できないほど、今の梅紅は初心《うぶ》ではない。

そっと下腹部を撫で、無言で頷く。柔らかな月明かりの中、数日後から始まる甘い日々を思って唇を重ねた。

子供達を鈴花と侍女達に預け、宵藍と梅紅は僅かな供だけを連れて休暇に出た。とはいえ日数は限られているので、遠出はできない。

ついては、かつて皇帝一家の静養用に町外れに建てられた離宮が新婚旅行の宿となる。百年近く前に造られた壮麗な庭園を含めた敷地は、後宮の数倍と言われるほど広い。

けれど建物自体は、こぢんまりとしたものだ。

護衛や侍女の滞在には別棟があり、ここでは宵藍と完全に二人きりになれる。

「この離宮がどういった目的で造られたか、聞いているか？」

窓の外に広がる庭を眺めていた梅紅を、宵藍が背後から抱きすくめる。

「お忍びで、のんびり過ごす為の離宮って女官長が言ってたけど。違うの？」

「数代前の皇帝が、伽に専念するために造らせた物だ」

「どうして？」

先帝の治世まで、後宮には正妃を筆頭に数多くの寵姫が暮らしていた。後宮では常に誰かが発情期を迎えているのが当たり前なので、わざわざ伽のために遠出する必要はないはずだが……。

「俺も絵姿でしか存ぜぬ方だが、この館を造らせた皇帝は正妃をことのほか愛していたと聞く。正妃と寵姫の発情期が重なれば、同じ褥で愛することが当然とされたが――皇帝と正妃しか立ち入れぬこの離宮ならば、二人きりで過ごせる」

言われて初めて、梅紅は自分達以外にも愛し合う皇帝夫婦がいたのだと知った。

――優しい皇帝も、いたんだな。

だがどれだけ妃を愛していても、長年のしきたりに囚われ寵姫制度を廃止にはできなかったのだ。そのしきたりの撤廃を敢行した宵藍の意志の強さに改めて驚く。と同時に、代々皇帝に仕えてきた臣下達からの反発はどれほどだっただろうと、梅紅は心を痛める。

これまで梅紅は、表立って皇帝の臣下達から責められたことはない。後宮に上がってすぐ、双子の皇子を身ごもったことは老臣達の口を噤《つぐ》ませはしたが、それでも、しきたりとして寵姫を取らせたがっている者が少なくないことも知っていた。

――宵藍が、ずっと守ってくれてたんだ。

態度にも言葉にも出さないけれど、宵藍は梅紅に向けられる有象無象《うぞうむぞう》の圧力を排除してくれていたと今になって知る。

「ありがとう。大好き、宵藍」

抱き締める手に手を重ね、ぎゅっと握る。

「俺は未来永劫《えいごう》、寵姫を取るつもりはない。だが、やはり傍近くに子供達がいると、どうしても……落ち着かぬからな」

「でも、それは仕方ないじゃん」

それに発情を伴っての伽ではなかったけれど、子供が生まれてからも散々閨で愛を交わしてきたから、宵藍の言い分はぴんとこない。

「俺を見て欲しい。今だけは国も政も……何もかも忘れて、ただ俺の番である梅紅でいて欲しいのだ」

独占欲を露《あらわ》にする宵藍の言葉を受けて、梅紅は頷く。

「子供達は愛する宝だ。だが、お前に向ける愛は――唯一無二だ」

「うん」

彼がどんな言葉を求めているのか、梅紅にも分かる。これまでなら恥ずかしくてつい誤魔化してしまっていただろうけれど、今は二人きりだ。

「――子作りしよう。宵藍の赤ちゃん、また産みたい」

答えの代わりに、唸り声と共に項を甘く噛《か》まれる。

体の奥がじんわりと熱くなるのを感じる。梅紅は宵藍に抱き上げられ、夫婦の寝所に運ばれていった。

まだ明るいうちから求め合うのは抵抗があったけれど、愛撫を受けるうち、次第に梅紅の息も乱れてくる。

口づけだけで梅紅の性器は硬くなり、鈴口からは甘い香りのする蜜を零していた。

番を誘うために、守の体は変化し続けるのだと鈴花に教えてもらったけれど、交わる度にいやらしくなる己の体に、梅紅は未だ戸惑ってしまう。

「っ……」

愛液でぐっしょりと濡れた後孔を、宵藍の指が優しく解《ほぐ》してくれる。大きな窓からは日の光が差し込み、梅紅の淫らな姿を隅々まで照らしている。

宵藍も服を脱ぎ捨て、その逞しい肉体を惜しげもなく晒《さら》す。

――これから宵藍に、抱かれるんだ。

意識した瞬間、臍《へそ》の奥がじんと熱を持つ。

明らかに変化した梅紅の様子に、宵藍は何かを悟ったのか鎖骨に顔を寄せて喉元《のどもと》を舐《な》め上げた。

「あ……」

視界がくらりと揺れ、寝所に甘い香りが満ちる。

「ちゃんとした発情期が、来たかも」

「そのようだな」

周期外れの不安定な発情ではない。双子を孕んだあの夜と同じ感覚が体の奥からこみ上げてくる。

「……お腹、あの時みたいに疼いてる。っん……」

後孔から指を抜かれると、愛液が糸を引いて滴る。蜜は内側から止め処《ど》なく溢《あふ》れ、寝台に染みていく。

梅紅は自ら進んで脚を開き、膝を折り曲げて恥ずかしいその秘めた場所を晒した。腹の奥が熱くて堪らず、無意識に腰を揺らめかせた。

それでもまだ、理性が完全に消えるまでには至らない。

「どうしよう、宵藍。怖い、怖いよ」

「安心しろ。俺に身を任せていればよい」

「ひゃ、んっ」

硬く反り返った宵藍の自身が、梅紅の後孔に触れた。

全部を埋められたら、確実に臍の上まで届くだろう長大なそれ。

何度も受け入れてきたけれど、こうして明るい場所でその形を見るのは初めてだった。

――これが、いつも俺を……。

太いカリ首は梅紅の入り口近くの敏感な場所を擦り、たっぷりと鳴かせてから奥へと突き進む。血管の張り出した幹は後孔の柔らかな肉を限界まで押し広げ、硬い先端は子作りの部屋へ易々と到達する。

番を確実に孕ませる、力強い性器だ。

射精の前には根元の瘤《こぶ》が膨らみ、長い交わりの間は決して抜かれない。甘い狂乱を与えてくれる性器の先端からは、既に濃い精液が滲んでいた。

これから自分自身に起こる淫らな変化を想起して、梅紅は息を呑《の》む。

怖いのに、どうしてか脚を閉じて拒むことができない。

腰を持ち上げられ、宵藍が見せつけるようにしてゆっくりと先端を入り口に含ませた。

「あ、やだ……や、んっ」

焦《じ》らすように進む丁寧な挿入に、梅紅は甘い溜息を零す。

張り出したカリが、前立腺《ぜんりつせん》に押し当てられ梅紅は涙ぐんだ。浅い部分を擦られ、梅紅はもどかしさに身を捩《よじ》る。

この数年で、梅紅の体はすっかり快楽を教え込まれていた。前立腺を押されただけで深くイけるようになったけれど、今はそれだけでは物足りない。

「そこ、ばっかり……やだ、おくがいいの」

「そう焦るな」

腰を掴む手は、梅紅の拙い誘いさえ封じてしまう。身悶《みもだ》える梅紅の姿を楽しんでいるのか、宵藍はなかなか自身を埋めてくれない。

「や、宵藍っ……いじわる、しないで！」

自ら後孔に手を伸ばし、半ばまで埋められた宵藍の幹を指で扱く。

淫らな誘いに、宵藍が狼族特有の唸り声を上げた。

「きて、宵藍……あっ」

残りの全てを一気に突き入れられ、梅紅は声にならない悲鳴を上げて仰《の》け反《ぞ》った。その喉元に宵藍の牙が突き立てられる。

うっすらと滲んだ血を舐める感触にさえ、梅紅は酷く感じて喘《あえ》いだ。

「ひっ、う……あんっ、あ……」

「っ……奥が、狭くなってしまったな」

子作りのできる深い場所まで到達した先端が、敏感な部分を小突く。軽い絶頂に梅紅は身を震わせ、愛しい番に縋り付いた。

「いっぱい突いて……奥まで、宵藍の形に戻して……しゃおらん……」

頭の中が快楽に支配され、理性が薄れていく。

「俺の番は、本当に愛らしいな」

奥を捏《こ》ねられ、梅紅は前に触れられないまま吐精した。そして内部も雄を食い締め、上り詰める。

「っ……あ、いっちゃう……だめっ」

「好きなように乱れていいぞ」

「や、んっ……いくの、とまらないの……」

痙攣（けいれん）する内部を容赦なく擦られ、絶え間なく絶頂を持続させられる。梅紅が達している間も宵藍の性器は猛《たけ》ったままで、内部を丁寧に蹂躙《じゅうりん》する。

浅い部分にある前立腺をカリで擦り、そのまま深く挿入し奥を小突く。鳴き喘ぐ梅紅に口づけながら、大きく腰を揺らし最奥を捏ねてくれる。

――天嵐と月虹が宿った時と……同じだ……。

疼きが腹の奥に集中し、梅紅は両脚を宵藍の腰に絡めた。

「も、だめ……奥に、出してっ……宵藍のこだね、ほし……っぅ」

本能が求めるままに、淫らな言葉を口にする。

疼きは一層激しくなり、梅紅の思考は快楽で染め上げられていく。

「あんっ、いく……ずっと、いって……ああっ」

「すごいな梅紅、奥が俺を食い締めて離そうとせぬ」

「っ……や、ん」

寝台に押さえつけられ、梅紅は体内に埋められた宵藍の変化に気付き背筋を震わせた。

性器の根元が膨らみ、丁度、前立腺を押しつぶす位置で止まる。

前に本格的な伽をしたときは、梅紅は守に変異したばかりで未成熟だった。

けれど今の梅紅は、宵藍の手で丁寧に周到に、快楽を感じられるよう開発されてしまっている。

特に前立腺と奥は弱い。軽く押されただけで、浅くイッてしまう程だ。

「ひっ、だめ、宵藍……俺、本当におかしくなっちゃうから……っ」

「俺は、おかしくなっている、お前が見たい」

「だめっ、きもち……っすぎるから、だめなの……ッ」

しかし拒絶する言葉とは反対に、梅紅は両腕を宵藍の背に回し、脚を彼の腰に絡ませる。

まるで子種を乞うように腰を擦りつけ、愛しい番の精が奥へ届きやすい姿勢を取った。

宵藍も梅紅に応えるように一番深い場所に先端を挿《い》れ、しっかりと腰を固定する。子を宿す部屋の入り口に鈴口が触れ、その瞬間を期待して全身が粟立《あわだ》つ。

「しゃお、らん……」

「愛している、梅紅」

「あ、あっ」

子を宿す部屋へ、僅かだが硬い先端が入り込んだ。このまま射精されれば、発情した梅紅は確実に孕む。

未知の快感に全身が震えて、梅紅は淫らな悦びに鳴き喘ぐ。

「すき……しゃお、ら……ぁ、あ」

長く濃厚な射精が始まり、梅紅は宵藍の背に爪《つめ》を立てて縋り付いた。

すっかり蕩《とろ》けきった体は、許容域をとうに超えた快感に不規則な痙攣を繰り返す。

「綺麗だ、梅紅。子を宿す交わりの時のお前は、格別に美しい」

「んっ、ぅ……あ、ふ……」

それでも意識を失わず宵藍の精を受け止められるのは、彼の運命の番だからだ。

――運命の番になれて、本当によかった。

優しく穏やかな夫婦の営みとはまた異なる、本能の交わりに全てを委ねる。

深く愛されることが嬉しくて、快楽とは別の涙が零れた。

番の交わりを終えた梅紅の体に新しい命が宿り、後宮が更に賑《にぎ》やかになるのは――また別のお話。

あとがき

はじめまして、こんにちは。高峰あいすです。この度は本を手に取って頂き、ありがとうございました。ルチル文庫様では、二十冊目の本になります。

二十冊！　と、自分で書いて驚きました。

こうして続けてこられたのも、ひとえに読者の皆様と携わってくださった方々のお陰です。ありがとうございます。

いつも支え、見守ってくれる家族と友人に感謝します。

担当のH様。毎回ぐだぐだな電話に付き合ってくださって、本当にありがとうございます。

素敵な挿絵をつけてくださった、カワイチハル先生。ありがとうございます！　梅紅が可愛いのは勿論、子ども達もめちゃくちゃ可愛い！　宵藍も格好良くて、お耳のもふもふ感も最高です！

今回は異国風オメガバースでしたが、いかがでしたでしょうか。

主人公の梅紅がかなり元気で（当社比）、書きながらこちらが振り回されている感じでした。

奔放な梅紅をお手本に、子ども達がどんな風に成長するのか楽しみなような……。数年後、吟愁は胃に穴が開くんだろうなとか、いろいろ考えてしまいます。

最後までお付き合い頂き、ありがとうございます。読んでくださった皆様に、少しでも楽しんでもらえたなら幸いです。

それではまた、ご縁がありましたらよろしくお願いします。

高峰あいす公式サイト「あいす亭」http://www.aisutei.com/
公式ブログ「のんびりあいす」http://aisutei.sblo.jp/　ブログの方が更新多いです。

✦初出　皇帝アルファのやんごとなき溺愛…………書き下ろし

高峰あいす先生、カワイチハル先生へのお便り、本作品に関するご意見、ご感想などは
〒151-0051 東京都渋谷区千駄ヶ谷 4-9-7
幻冬舎コミックス　ルチル文庫「皇帝アルファのやんごとなき溺愛」係まで。

幻冬舎ルチル文庫
皇帝アルファのやんごとなき溺愛

2022年5月20日　　第1刷発行

✦著者	高峰あいす　たかみね あいす
✦発行人	石原正康
✦発行元	株式会社 幻冬舎コミックス 〒151-0051 東京都渋谷区千駄ヶ谷 4-9-7 電話 03(5411)6431［編集］
✦発売元	株式会社 幻冬舎 〒151-0051 東京都渋谷区千駄ヶ谷 4-9-7 電話 03(5411)6222［営業］ 振替 00120-8-767643
✦印刷・製本所	中央精版印刷株式会社

✦検印廃止

ISBN978-4-344-84818-4　C0193　Printed in Japan